SO-AZE-360

Hielo en su corazón

Susanne James

Chicago Public Library
Rogers Park Branch
6907 N Clark St.
Chicago, Il. 60626

AUG - - 2008

Bianca™

HARLEQUIN™

Editado por HARLEQUIN IBÉRICA, S.A.
Hermosilla, 21
28001 Madrid

© 2007 Susanne James. Todos los derechos reservados.
HIELO EN SU CORAZÓN, N.º 1831 - 2.4.08
Título original: Jed Hunter's Reluctant Bride.
Publicada originalmente por Mills & Boon®, Ltd., Londres.

Todos los derechos están reservados incluidos los de reproducción,
total o parcial. Esta edición ha sido publicada con permiso de
Harlequin Enterprises II BV.
Todos los personajes de este libro son ficticios. Cualquier parecido
con alguna persona, viva o muerta, es pura coincidencia.
® Harlequin, logotipo Harlequin y Bianca son marcas registradas
por Harlequin Books S.A.
® y ™ son marcas registradas por Harlequin Enterprises Limited y
sus filiales, utilizadas con licencia. Las marcas que lleven ® están
registradas en la Oficina Española de Patentes y Marcas y en otros
países.

I.S.B.N.: 978-84-671-6106-9
Depósito legal: B-5572-2008
Editor responsable: Luis Pugni
Preimpresión y fotomecánica: M.T. Color & Diseño, S.L.
C/. Colquide, 6 portal 2 - 3º H. 28230 Las Rozas (Madrid)
Impresión y encuadernación: LITOGRAFÍA ROSÉS, S.A.
C/. Energía, 11. 08850 Gavá (Barcelona)
Fecha impresion para Argentina: 29.9.08
Distribuidor exclusivo para España: LOGISTA
Distribuidor para México: CODIPLYRSA
Distribuidores para Argentina: interior, BERTRAN, S.A.C. Vélez
Sársfield, 1950. Cap. Fed./ Buenos Aires y Gran Buenos Aires,
VACCARO SÁNCHEZ y Cía, S.A.
Distribuidor para Chile: DISTRIBUIDORA ALFA, S.A.

R0414224733

Capítulo 1

CRYSSIE subió corriendo las escaleras que llevaban a la planta de juguetería. Había cola en el ascensor y como llevaba zapatos planos decidió ganarlos a todos subiendo por la escalera.

El día de Nochebuena… la pesadilla de todos los años. Era su última oportunidad para comprar los regalos. Había llamado antes para preguntar si les quedaba alguna *Baby Traviesa*, una muñequita basada en unos dibujos de televisión que tenían locos a todos los niños y que Milo, su sobrino de cuatro años, había pedido como regalo de Navidad. El niño no se perdía el programa ni un solo día y estaba desesperado por tener una de esas muñecas. Y Cryssie haría lo que fuera para conseguirla.

No la tenían en stock desde hacía meses, sorpresa, sorpresa, pero había vuelto a aparecer en Navidad y sabía que la vendían en los Grandes Almacenes Latimer. Sólo esperaba que no las hubieran vendido todas.

Abriéndose paso frenéticamente entre las hordas de compradores, Cryssie llegó al mostrador y miró las estanterías. Sí, allí estaba. Había cuatro, todas sonrientes dentro de sus cajitas de celofán. ¡Por fin! Estaba pidiéndole a la dependienta que le diera una cuando oyó una voz masculina:

—Sí, muy bien, me llevo las cuatro. Póngalas en mi cuenta.

—Muy bien, señor Hunter —dijo la chica, bajando los ojos con coquetería.

Cryssie se quedó boquiabierta mientras la dependienta tomaba las cuatro cajas y las ponía, una encima de otra, sobre el mostrador. Con las prisas, ni siquiera se había fijado en el hombre, que debía de haber llegado un segundo antes que ella.

Pero entonces miró al dueño de la voz autoritaria.

Era el típico ejecutivo con traje de chaqueta y corbata. Bueno, el típico ejecutivo no, porque era altísimo y mucho más guapo de lo normal. Ella medía un metro sesenta y ni siquiera le llegaba a los hombros. Tenía una abundante mata de pelo oscuro y una mandíbula firme, muy masculina. Y sus ojos… eran negros y brillantes. Ojos calculadores, incluso peligrosos.

Aclarándose la garganta, Cryssie se dirigió a la dependienta.

—Espero que no sean las únicas que les quedan. Yo sólo quiero una y he llamado antes para preguntar si tenían.

La chica miró a Cryssie.

–Lo siento, señorita –se disculpó, mientras metía las muñecas en una enorme bolsa–. Éstas son las últimas. Nunca habíamos tenido tal demanda para nada…

–Pero yo llamé esta mañana para preguntar y me aseguraron que no habría ningún problema.

–Teníamos muchas, pero se las han llevado todas. El jefe de planta decidió que no podíamos reservar ninguna por teléfono…

–Pero yo necesito esa muñeca.

–A finales de enero volveremos a recibir otro pedido…

–¿Y para qué la quiero yo a finales de enero? –la interrumpió Cryssie mirando al hombre, que le devolvió una mirada rápida y sin ningún interés. Como si no existiera, como si le diera exactamente igual lo que los demás quisieran mientras él se saliera con la suya. Al menos, podría disculparse, pensó, irritada.

Luego, con una mano grande y bronceada, tomó la bolsa y se volvió. Ni había pagado en efectivo, ni sacó una tarjeta de crédito ni firmó nada. Y eso que las muñecas eran carísimas. Cryssie era la única que trabajaba en su casa y había aprendido a ahorrar para momentos como la Navidad o los cumpleaños. Ella no tenía una cuenta en Latimer ni en ningún otro sitio. Pagar en efectivo siempre era lo más seguro.

Cuando los dos se apartaban del mostrador, él pareció vacilar un momento.

–Lo siento mucho. Evidentemente, el departamento de compras pidió menos de las que deberían… o todos deberíamos comprar con antelación.

Y luego, con un apenas perceptible gesto de arrogancia típicamente masculina, se volvió abruptamente, dejando a Cryssie allí, derrotada.

De modo que deberían comprar con antelación… pues él también. Sólo que él había llegado a la tienda unos segundos antes.

Cryssie miró alrededor sin saber qué hacer. Milo se llevaría un disgusto tremendo si no encontraba bajo el árbol de Navidad una de esas muñecas. Habría otros regalos, pero aquella muñeca era lo que más ilusión le hacía y llevaba meses hablando de la famosa *Baby Traviesa*.

Suspirando, Cryssie tomó unas botas de fútbol, las examinó para comprobar el número, y se preguntó si Milo se conformaría con eso. Milo era un loco del fútbol y aún no tenía unas botas de verdad, de modo que se pasaba el día dando patadas con las zapatillas de deporte, que también eran carísimas. Quizá las botas y un nuevo balón servirían para consolarlo.

Suspirando, se apoyó en el mostrador, enfadada y desilusionada. A los veinticinco años, a veces sentía que las responsabilidades que la vida había cargado sobre sus hombros eran demasiado para ella. Tras la muerte de sus padres diez años antes en un accidente de coche, Cryssie y su hermana, Polly, dos años más joven que ella, habían vivido con su tía abuela Josie, hasta que ésta murió. Afortunadamente, eso fue antes de saber que Polly estaba embarazada y que su novio había desaparecido del mapa.

De modo que ahora Polly y ella vivían en una casita alquilada a las afueras de la ciudad y Cryssie era la única que ganaba un sueldo, porque su hermana tenía muchos problemas de salud desde que nació Milo.

Unos minutos después, Cryssie decidió olvidar su enfado. Evidentemente, el hombre que se había llevado las cuatro muñecas debía de tener cuatro hijos. No podría comprar tres y dejar al cuarto sin ella.

–Lo siento mucho, señorita –se disculpó la dependienta.

–No, bueno… qué se le va a hacer. Es que estoy agotada… –suspiró Cryssie, dejando las botas de fútbol y el balón sobre el mostrador–. ¿Quiere envolverme esto para regalo?

–Sí, claro –sonrió la chica–. Podría dejarme su teléfono. En cuanto recibamos otro pedido, la llamaremos.

–Muy bien –dijo Cryssie, anotando su número y su dirección en un papel–. No es culpa suya. Sólo espero que los hijos de ese hombre aprecien la suerte que tienen.

–¿Hijos? No, no tiene hijos… no está casado. ¿No sabe quién era?

–No. ¿Debería saberlo?

–Ah, pensé que todo el mundo lo sabía. Era Jeremy… Jed Hunter. El dueño de todo esto –anunció la dependienta, señalando alrededor.

Cryssie sabía que los Grandes Almacenes Latimer pertenecían a la familia Hunter, pero nunca había visto en persona a ninguno de ellos. Y, desde luego, no había visto nunca a ese hombre. De haberlo hecho, se acordaría.

–Hasta el año pasado yo tampoco lo conocía –siguió la dependienta–. Pero parece que ha tomado el puesto de sus padres, que se están haciendo mayores. Algunos le tienen miedo porque se pone muy autoritario si las cosas no van como él quiere. Suele ser amable, pero exigente, y no tiene mucha paciencia. Claro que, alguien tan rico y tan guapo como él puede ponerse impaciente cuando quiera.

–Sí, claro –murmuró Cryssie, que no quería sumarse al coro de admiración del señor Hunter, que le había robado la muñeca de su sobrino.

–Bueno, ya tengo su dirección y su número de teléfono. En cuanto llegue el nuevo pedido, la llamaremos.

–Muy bien… oiga, si el señor Hunter no tiene hijos, ¿para qué se ha llevado las muñecas?

–No tengo ni idea. ¿Tiene usted más hijos?

–No, no… yo no tengo hijos. La muñeca era

para mi sobrino. Mi hermana está enferma y soy yo quien tiene que comprar los regalos de Navidad –contestó Cryssie, preguntándose por qué le estaba contando todo aquello a una desconocida.

–Espero que no sea nada grave.

–Sí, bueno... no se encuentra bien, así que sólo puede trabajar a tiempo parcial. Es esteticista.

–Ah, qué bien –la chica miró a Cryssie con curiosidad y ella supo de inmediato lo que estaba pensando: «Si tu hermana es esteticista, ¿por qué no te maquilla un poco?».

Porque su insignificante apariencia no era de las que llamaban la atención precisamente. Polly era la belleza de la familia, con su esbelta figura, su pelo rojo y sus ojazos grises.

–¿Y usted trabaja por las dos?

–Sí, trabajo en Hydebound. Llevo tres años allí.

–Ah, un sitio estupendo. Me regalaron un bolso de allí por mi cumpleaños… un poco caro, pero merece la pena. Son de los que duran para siempre.

Cryssie sonrió.

–Claro que, somos una empresa pequeña. No como este sitio.

Después de pagar, Cryssie se dirigía a las escaleras cuando un delicioso aroma a café le llegó de la cafetería. No había comido nada desde el sándwich de queso del almuerzo… Aquel día habían tenido tanto trabajo en la tienda que nadie tuvo tiempo de hacer café siquiera.

Cryssie miró su reloj, el deseo de cafeína era casi irresistible. En fin, quizá si se sentaba allí un rato, el tráfico estaría menos imposible.

Y decidió que, además de tomar un café, le iría bien un donut. Tardaría horas en hacer la cena y Polly no tendría nada hecho cuando llegara a casa.

–Permítame… –oyó una voz masculina cuando iba a pagar.

–¿Perdón? –Cryssie se volvió, confundida.

–Permita que la invite al café. Es lo mínimo que puedo hacer.

Era Jed Hunter, el propietario de los Grandes Almacenes Latimer.

–No, por favor… no se sienta obligado.

–No me siento obligado, pero me gustaría pagar su café.

–No sé por qué…

–Por lo que ha pasado antes. Siento que no pudiera comprar la muñeca.

–Sí, bueno…

–¿Puedo sentarme con usted?

Cryssie se sentía incómoda sentada con aquel hombre tan guapo. Y la mesa era tan pequeña que sus rodillas se rozaban. Aunque, por muy guapo que fuera, le daba exactamente igual. Esa parte de su vida estaba cerrada por el momento.

–¿Qué le parece el donut? ¿Está rico?

Cryssie tragó, nerviosa, antes de contestar, limpiándose el azúcar de los labios con una servilleta.

–No está mal. Pero la verdad es que los pasteles de aquí no son buenos. Siempre están un poco secos.

–¿Ah, sí?

–Unos grandes almacenes como éstos deberían prestar más atención a esas cosas. ¿Quiere probarlo? –preguntó Cryssie, sabiendo cuál sería la respuesta. El todopoderoso Jed Hunter no se rebajaría a clavar los dientes en un bollo azucarado delante de todo el mundo.

–No, gracias. No quiero dejarla sin su donut –sonrió él–. Aunque tengo la impresión de que le hace más falta una buena cena.

Cryssie lo fulminó con la mirada. ¡Menuda cara! ¿Cómo se atrevía a decirle eso? Sabía que debía de estar pálida y con aspecto cansado, pero no le hacía ninguna gracia que aquel extraño se lo recordase.

–Pues voy a tardar un rato en disfrutar de mi cena, porque aún tengo que ir a recoger el pollo a la tienda, luego tengo que hacer el relleno y cortar las verduras…

–¿Para quién era la muñeca?

–Para Milo. Tiene casi cinco años. Y la verdad, Latimer me ha decepcionado este año. Evidentemente, no han sabido ver que la demanda de esas muñecas sería superior al pedido que habían hecho. Y ésta es la tienda más grande de la ciudad, no una juguetería de barrio.

–Pero si la demanda hubiera sido inferior a la oferta, la tienda habría perdido dinero.

–¿Perder dinero? No creo que los Grandes Almacenes Latimer hayan perdido dinero en toda su historia. Y, la verdad, deberían arriesgarse un poco y no dejar que los niños se queden sin sus juguetes favoritos el día de Navidad.

Jed la miraba sin dejar de sonreír. No sabía por qué aquella chica lo hacía sonreír. Aunque no llevaba ni gota de maquillaje, resultaba más bien atractiva. Aunque su atuendo, un chaquetón pasado de moda sobre una falda marrón, no era precisamente lo último en las pasarelas de Milán. Su largo pelo rubio estaba sujeto firmemente en una coleta, acentuando una frente alta y unos ojos verdes que dominaban su rostro ovalado. Las únicas joyas que llevaba eran unos diminutos pendientes dorados.

Una sincera descripción de aquella chica sería: normal y corriente. No era en absoluto una chica memorable. Y sin embargo…

Cryssie se terminó el café, esperando que él dijera algo más, pero no fue así. Y fuese el efecto de la cafeína o que le daba todo igual después de quedarse sin *Baby Traviesa*, decidió olvidarse de la discreción y decirle lo que pensaba. Ésa sería su pequeña venganza por dejar a su sobrino sin la muñeca.

–Hay un montón de cosas que deberían cambiar en los almacenes Latimer. Por ejemplo, no suelen tener los mismos productos dos veces. Si te gusta algo que has probado y lo buscas otra vez… ya no lo tienen. Y si le pides ayuda a algún dependiente, son invisibles o miran para otro lado. Eso anima a los rateros, no sé si lo sabe. Cualquiera puede llevarse lo que le dé la gana y no se entera nadie.

Sus ojos brillaban, apasionados.

–Yo trabajo en Hydebound, ¿conoce la tienda? Sólo vendemos productos de piel hechos por artesanos locales y…

–Sí, la conozco. Está a las afueras de la ciudad, ¿no?

–Pues sí. Nuestros bolsos y maletas se venden muy bien y todo el mundo es responsable de lo que hace. Y, sobre todo, de la atención personal.

–Bueno, veo que tiene opiniones muy firmes –sonrió Jed Hunter–. Y me da la impresión de que en Hydebound son muy afortunados por tenerla a usted.

Cryssie se mordió los labios. Hydebound, como todos los negocios pequeños, a veces atravesaba malos momentos. La piel cada día era más cara y con las importaciones baratas del extranjero empezaban a tener serios problemas.

–Bueno, tengo que irme. Gracias por el café… y por el donut.

–¿Trabaja usted en Hydebound desde hace tiempo? –le preguntó Jed Hunter.

–Sí, desde hace tres años.

–Muy bien. Espero que usted y… Milo tengan unas felices Navidades.

–Gracias.

Aquello era lo último que Cryssie había esperado que le pasara el día de Nochebuena. ¡Decirle al propietario de Latimer cómo dirigir sus grandes almacenes! La verdad, quizá había sido un poquito dura. Porque, en realidad, le gustaba comprar allí y tenían una buena selección de casi todo. Pero decirle eso le había dado una extraña satisfacción.

Jed Hunter la observó salir de la cafetería con una enigmática sonrisa en los labios. Había conocido a muchas mujeres, demasiadas, pero ninguna como ella. Una mujer con carácter, pero vulnerable a la vez. Mientras le decía cómo llevar su negocio se le habían encendido las mejillas, iluminando su cara…

Encogiéndose de hombros, Jed se levantó. Llevaba allí más tiempo del que debería y aún tenía que llevar las malditas muñecas.

Jeremy, o Jed, como lo llamaba todo el mundo salvo sus padres, maniobraba su Porsche plateado por el pesado tráfico de Londres deseando estar en su apartamento y no tener que ir al campo, a casa de sus padres. Pero era impensable no pasar el día de Navidad con sus padres, Henry y Alice, que adoraban a su hijo, cuyo único defecto, en su opinión, era lo mal que elegía a las mujeres.

–¿Cuándo vas a sentar la cabeza, hijo mío? –solía preguntarle su padre–. Tienes que buscar una mujer que tenga dos dedos de frente, para variar. Los demás atributos no tienen tanta importancia.

Henry Hunter era un hombre que solía decir lo que pensaba, desde luego.

Jed admitía que era más bien «susceptible» con el sexo opuesto. Era difícil no serlo cuando las mujeres caían a sus pies sin vergüenza o reticencia alguna… y a él le encantaba. Pero ahora era diferente. Había cometido un gran error y a los treinta y seis años era hora de hacerse adulto.

El tráfico empezaba a despejarse y Jed pisó el acelerador para llegar a la mansión de sus padres donde Megan, el ama de llaves, lo tendría ya todo preparado. Se sentarían juntos a cenar, los tres alrededor de una enorme mesa ovalada, para hablar del negocio, del estado de la economía…

Muchas veces había deseado tener un hermano para no ser el único beneficiario del afecto de sus padres. ¿Podría «demasiado» ser peor que «demasiado poco»? Jed sabía perfectamente que era una persona muy afortunada. Había tenido todo lo bueno de la vida: una educación privilegiada, viajes alrededor del mundo sin preocuparse jamás por el dinero…

Hasta un par de años antes no había pensado dedicarse en serio al negocio familiar; además de los Grandes Almacenes Latimer, dos tiendas en Midlands y dos hoteles rurales en Gales. No había sido fácil para él acostumbrarse a la vida estructurada de un ejecutivo pero, al final, decidió que era hora de tomar las riendas. Sus padres se estaban haciendo mayores y Henry empezaba a tener problemas de salud.

Mientras esperaba en un semáforo, Jed volvió a pensar en aquella chica… Era diferente a las demás. Nada de coqueteos, nada de pestañeos, nada de darle la razón en todo mientras jugaba con su pelo… el tipo de cosas que las mujeres solían hacer en cuanto descubrían quién era. Aquella chica no había dejado de mirarlo a los ojos mientras le decía cómo debía llevar su negocio.

Jed se preguntó entonces con qué tipo de hombre se acostaría… con el padre de Milo, seguramente. Y esperaba que ese hombre tuviera un poco de carácter. La imaginaba ahora, entrando en casa para hacerles la cena a su marido y a su hijo… después de haber trabajado todo el día en una tienda.

Desde luego, no era una seductora; él era un experto reconociendo a ese tipo de mujeres. Aunque probablemente tendría poderes de persuasión escondidos en alguna parte.

Jed se movió en el asiento, irritado. Un encuentro casual con una mujer insignificante nunca le había robado tanto tiempo. Entonces frunció el ceño. Lo que ella había dicho sobre los grandes almacenes… si había alguna forma de mejorar el funcionamiento de Latimer, era su obligación tenerlo en cuenta.

Capítulo 2

CRYSSIE salió de casa en silencio para no despertar a Polly y Milo, que seguían durmiendo. Era el día de Nochevieja y todavía estaba amaneciendo, pero los hermanos Lewis, propietarios de Hydebound, habían llamado a todos los empleados para una reunión urgente a primera hora. Cryssie frunció el ceño mientras arrancaba su viejo coche, preguntándose para qué querrían reunirlos en un día como aquél.

Pero pensando en el día de Navidad, volvió a sonreír. Aunque Polly no había comido mucho, Milo se lo pasó en grande con los juguetes… ¡especialmente con su *Baby Traviesa*! Porque, asombrosamente, esa misma noche sonó el timbre y la dependienta de Latimer que la había atendido estaba allí, en la puerta, con una caja en las manos.

–No se lo va a creer, pero hemos encontrado esto en el almacén. Se había caído y estaba escondida detrás de un montón de cajas. Más vale tarde que nunca, ¿no?

Cryssie se había quedado perpleja y llena de

gratitud. Aquella chica se había molestado en llevársela a casa...

–No pasa nada. Su casa me pilla de camino –le aseguró la dependienta.

Le habría gustado decirle a Jed Hunter que él no era el único que siempre se salía con la suya. Aunque ella tenía cuidado con el dinero. A veces soñaba que le pasaba algo y no podía trabajar... no quería ni pensar en lo que sería de su familia entonces.

Cuando llegó a Hydebound, Robert y Neil Lewis, los propietarios, estaban sentados frente a sus respectivos escritorios. Ninguno de ellos sonrió al verla y a Cryssie se le encogió el corazón. No parecían contentos y para cuando llegaron los demás empleados el ambiente había empeorado considerablemente. Y aquello sólo podía significar una cosa: problemas económicos. Bueno, habían sobrevivido otras veces y lo harían de nuevo...

Robert fue directamente al grano:

–Sentimos informaros de que la empresa está atravesando grandes dificultades financieras. El banco no nos concede otro préstamo y no podemos seguir viviendo a crédito.

Un asombrado silencio siguió a esas palabras.

–Todos sabéis que, últimamente, las cosas no van bien, pero ha llegado un punto en el que ya no podemos pagar las facturas.

Cryssie tragó saliva.

–Mi hermano y yo hemos llegado a la conclusión de que no podemos seguir con el negocio…

Por un momento, pareció que iba a echarse a llorar. Y a Cryssie empezaron a temblarle las rodillas. Aquello era terrible. Podría tardar semanas, incluso meses, en encontrar otro puesto de trabajo.

Neil Lewis siguió después de su hermano:

–Hemos recibido una oferta para vender. Apareció inesperadamente hace un par de semanas y es una oferta que no podemos rechazar –Neil miró alrededor–. Los nuevos propietarios piensan seguir con el negocio como hasta ahora, así que vuestros puestos de trabajo están asegurados… por el momento al menos. Y llegarán en unos minutos. Han querido venir a conoceros.

Cryssie se miró las manos, pensando en cómo iba a afectarla aquello. ¿Conservarían «todos» los puestos de trabajo o decidirían reducir costes? Sabía que lo más común cuando una empresa compraba un negocio era contratar personal nuevo. Y si era así, su mundo cambiaría de la noche a la mañana. Era inevitable.

El interfono sonó entonces y Robert Lewis se levantó.

–Los nuevos propietarios deben de estar abajo. Vuelvo enseguida.

Todos se quedaron en silencio. ¿Qué iban a decir?

Unos minutos después, Robert volvió a entrar

seguido de un hombre, el nuevo propietario de Hydebound.

–Os presento a Jeremy Hunter que, junto con sus padres, es el propietario de los Grandes Almacenes Latimer. Estáis en buenas manos, os lo aseguro.

Cryssie se había quedado boquiabierta. Que Jeremy Hunter y ella volvieran a verse en esas circunstancias era algo que no podría haber soñado nunca.

Él iba con un traje de chaqueta y, a la luz del día, tenía un aspecto impresionante. Incluso más que la primera vez que se vieron. Cryssie fue la última en ser presentada, afortunadamente, porque así tuvo tiempo para recuperarse de la sorpresa. Mientras apretaba su mano, Jed Hunter la miró a los ojos fijamente. Imaginaba lo que estaría pensando y, aunque su expresión era indescifrable, la hizo sentirse como una niña en su primer día de colegio.

–Me parece que nos conocemos, ¿no?

Era una pregunta retórica, claro. Porque luego se dio la vuelta con frialdad y Cryssie deseó que se la tragase la tierra. Especialmente al ver que sus compañeros la miraban con curiosidad.

Aunque el comentario había sido hecho en un tono neutro, tampoco estaba lleno de afecto precisamente. Claro que, ¿qué podía esperar después de las cosas que le había dicho en la cafetería de Latimer? Desde luego, si iba a haber despidos, no tenía la menor duda de que ella sería la primera.

Jeremy Hunter se disculpó porque sus padres no habían podido ir personalmente a saludarlos y, después de decir unas palabras supuestamente destinadas a tranquilizarlos, bajó a la tienda con los hermanos Lewis.

Todos los empleados se pusieron a hablar al mismo tiempo.

—No me lo puedo creer —dijo Rose, la secretaria—. Todos sabíamos que había problemas financieros, pero vender Hydebound... Oye, ¿por qué ha dicho Jeremy Hunter que te conocía, Cryssie?

—Bueno, no es que nos conozcamos. Coincidimos en Latimer el día de Nochebuena y me temo que le dije un par de cosas no muy agradables sobre sus grandes almacenes. Así que ya sabéis, la primera que se va de aquí soy yo.

Ese día, a las cinco y media, Cryssie fue una de las primeras en marcharse. Estaba deseando llegar a casa para abrazar a Milo, bañarlo y meterlo en la cama. Pero sabía que la noticia del cierre de Hydebound no afectaría a su hermana, que no parecía preocuparse por nada ni por nadie que no fuera ella misma.

Estaba a punto de subir a su coche cuando oyó pasos en el aparcamiento.

–Perdone, no quería asustarla –oyó la voz de Jed Hunter tras ella.

–No, no...

–Sé que le habrá sorprendido la noticia de la venta, pero les pedí a los hermanos Lewis que no mencionasen mi nombre hasta que llegase. Supongo que no les habrá gustado, pero estas cosas son así. Hay que atajar los problemas para poder solucionarlos.

–Eso depende de sus planes para Hydebound –replicó Cryssie, deseando sin saber por qué no llevar la misma chaqueta que había llevado el día de Nochebuena.

Ella nunca había tenido mucho interés por la moda, ni tenía el buen gusto de Polly. Mientras su nuevo jefe, evidentemente, se preocupaba mucho por su apariencia. Jed Hunter llevaba una chaqueta de cuero que debía de ser carísima y, debajo, una camisa de seda. Se había quitado la corbata y tenía un botón de la camisa desabrochado, mostrando un cuello fuerte y moreno.

–Pensé que había dejado claro que las cosas no iban a cambiar.

–En fin, desde luego puede esperar que los empleados sigamos trabajando con la misma lealtad de siempre.

–Cuento con ello –dijo él. Y, por su forma de decirlo, Cryssie sintió un escalofrío.

Aquél era un hombre de negocios y no había sitio en su vida para sentimentalismos o problemas personales. La dependienta de Latimer le había dejado claro que era un hombre impaciente y acostumbrado a salirse con la suya. Aunque debía admitir que quizá los hermanos Lewis no se habían modernizado en los últimos cuarenta años, su anticuada atmósfera era parte del encanto de Hydebound… todo el mundo lo decía. Pero Jed Hunter no parecía ser de los que apreciaban esas cosas.

–Tengo que pedirle un favor –dijo él entonces–. Sé lo que estoy comprando, pero me gustaría hablar con usted para… ver las cosas desde un ángulo diferente al de los Lewis.

Cryssie lo miró, intentando descifrar lo que había detrás de aquellos ojos negros. Esperaba que Jeremy Hunter no quisiera descubrir los secretos de la empresa o que le diera una opinión personal sobre sus colegas. Si pensaba que ella iba a contarle algo que los Lewis no le hubiesen contado, estaba hablando con la persona equivocada.

–Mañana es el día de Año Nuevo, pero estaré aquí pasado, como siempre. Vamos a seguir igual que antes, ¿no?

–Por supuesto. Pero yo estaba pensando que… podríamos ir a cenar. Una cena relajada y una copa de vino es la mejor manera de hablar de cosas serias.

Cryssie empezó a temblar. ¿Quería invitarla a cenar? ¿Su jefe? ¿Qué pensarían sus colegas cuando se enterasen? Especialmente Rose, que siempre había tenido celos de ella.

–Pero quizá no lo he pensado bien. El día de Nochevieja es un día especial para las parejas, ¿no? Supongo que tendrá algún plan para esta noche.

–¿Quería que cenásemos *esta noche*?

–Claro. A menos que tengas algo mejor que hacer, Cryssie… ¿te importa que te llame Cryssie?

–No, no…

–¿Crees que podrías llamar a alguien para que cuidase de Milo?

Qué curioso que recordase el nombre de su sobrino, pensó ella. En fin, un punto a su favor.

–Cuidar de Milo nunca es un problema, señor Hunter…

–Jed.

–Muy bien, Jed.

–¿A tu… pareja no le importará?

–No estoy casada –contestó Cryssie.

Que pensara lo que quisiera, se dijo.

–Ah, estupendo entonces –sonrió Jed–. ¿A las nueve te parece bien? He reservado mesa en Laurels para las nueve y media.

Cryssie intentó cerrar la boca, pero le costó trabajo. Laurels era el restaurante más caro de la ciudad… y ella nunca había esperado cenar allí. Pero Jeremy Hunter ya había reservado mesa… ¿por qué? ¿Qué quería saber sobre Hydebound? Había reservado una mesa y, así, de repente, la invitaba a cenar, convencido de que ella diría que sí.

–Sí, bueno…

–¿Dónde vives?

–En el nueve de Birch End Lane… ¿lo conoces? Está al lado de las pistas de tenis.

¿Por qué iba a conocer aquel sitio tan humilde? Seguramente él viviría en una mansión.

–Sí, sé dónde está. He jugado en esas pistas muchas veces.

Por fin, Cryssie se metió en el coche y bajó la ventanilla.

–¿Quieres que vaya a buscar algún documento de la oficina?

–No, no será necesario –respondió él–. Sólo quiero hacerme una idea general. No quiero estadísticas. Ah, por cierto, debes llevar un vestido de noche. Es la única ocasión en la que exigen algo así en Laurels.

–Muy bien –asintió Cryssie.

–Iré a buscarte a las nueve, entonces.

–De acuerdo.

Aquel día había sido surrealista. Primero, la noticia de los hermanos Lewis de que habían vendido el negocio. Después, descubrir que se lo habían vendido a Jeremy Hunter ni más ni menos. Y ahora aquello… Jeremy Hunter la invitaba a cenar en el mejor restaurante de la ciudad. ¿Por qué a ella? Claro que, ¿por qué no? Al fin y al cabo, ella era la única persona a la que conocía. Cryssie intentó recordar las cosas que le había dicho en la cafetería… ¿habría sido horriblemente grosera?

Una cosa estaba clara: era una mujer marcada. Que hubiera sido tan sincera la separaba de los demás y no precisamente de una manera favorable.

Mientras pensaba en la cena en Laurels sufrió un pequeño colapso que casi la hizo salirse de la carretera. ¡No tenía nada que ponerse! Ella nunca iba a ningún sitio en el que tuviera que ir vestida de gala y en su armario no había más que falditas, chaquetas y pantalones vaqueros. Y la ropa de Polly no le serviría porque su hermana medía más de metro setenta y si se ponía uno de sus vestidos se lo pisaría y acabaría de bruces en el suelo.

Quizá debería decirle que tenía un terrible dolor de cabeza… pero no podía hacerlo porque no tenía su número de teléfono. Cryssie apretó los labios. Aquélla iba a ser la peor noche de su vida.

Cuando llegó a casa, su hermana ya había metido a Milo en la cama y estaba leyendo en el sofá.

–Tengo que salir esta noche, Polly.

–¿Dónde vas?

–Pues… es una reunión, una cosa de trabajo.

Una vez en su habitación, Cryssie abrió el armario y miró la ropa como esperando que apare-

ciese algo adecuado por arte de magia. Pero no...
¿o sí? Su codo rozó una caja de cartón en la que
guardaba el único vestido para ocasiones especiales que poseía. Un vestido verde mar que había comprado el día que cumplió dieciocho años,
siete años antes. No había vuelto a ponérselo
desde entonces... ¿le serviría?

Después de sacar la caja del armario, Cryssie
apartó la fina capa de polvo que cubría el papel
cebolla y luego sacó la prenda y la sujetó frente
a ella delante del espejo. El color seguía siendo
bonito y, como era de satén, no había atraído la
atención de las polillas. Tenía un escote redondo,
sencillo, y la falda caía desde la cintura hasta los
pies, algo que ya no estaba de moda. Pero era
aquello o nada. En cuanto a los zapatos, lo único
que podía ponerse era unas sandalias de color
marrón.

Suspirando, se puso el vestido y subió la cre-
mallera. Ah, al menos le valía. Pero cuando se
miró al espejo se dio cuenta de que tenía aspecto de adolescente. Impulsivamente, se quitó
la goma de la coleta y sacudió el pelo... no, así
parecía *Alicia en el país de las maravillas*. Pero
no tenía sentido angustiarse. En cuanto se hubiera duchado y planchado el vestido aparece-
ría Su Majestad y no habría nada más que hacer.

Cryssie se dejó caer sobre la cama. ¿De verdad le estaba pasando aquello? Aquel día era

como un largo y turbador sueño… ¡y aún no había terminado!

Exactamente a las nueve, un golpecito en la puerta anunció la llegada de Jeremy Hunter. Cryssie salió de la casa a toda prisa, antes de que Polly empezase a hacer preguntas. Sonriendo, apretó el chaquetón contra su pecho para protegerse del frío.

—No he llamado al timbre para no despertar a Milo.

—Gracias —dijo ella, sorprendida por su consideración.

Luego se dejó caer sobre el suave asiento de piel del deportivo. «Esto es vida», pensó. Ella nunca había subido a un Porsche. Y seguramente nunca volvería a hacerlo.

—¿De verdad no te importa cenar conmigo? Tener que dejar al niño con alguien…

—No, no. Vivo con mi hermana. Ella cuidará de Milo —contestó Cryssie, mirando alrededor. Aquello era como el cuento de *Cenicienta*. Y, desde luego, Jed Hunter era tan guapo como el príncipe.

Cuando Jed alargó la mano para cambiar de marcha, Cryssie no pudo evitar un escalofrío. No sabía por qué, pero aquel gesto tan masculino la excitó. Y debía controlarse de inmediato, se dijo a sí misma.

–¿Estás cómoda? Puedo bajar el asiento si quieres…

–No, no. Estoy perfectamente.

Jed volvió a mirar hacia delante y ella lo miró de reojo. Las fuertes manos masculinas sobre el volante, los poderosos muslos bajo el pantalón…

Pero no debía pensar esas cosas. Bastantes problemas iba a tener en su vida a partir de ese momento. En cuanto a Jed, no podía tener el menor interés en ella como mujer. Jeremy Hunter podría haber elegido a la mujer que quisiera y seguía soltero, de modo que debía de estar tomándose su tiempo para decidir quién sería la afortunada madre de sus hijos. Estaba claro que aquélla era una cena de trabajo y nada más.

Cryssie sonrió para sus adentros. Seguramente aquella noche habría un montón de chicas decepcionadas porque Jed Hunter no las había llamado. Pero él sólo estaba interesado en el negocio.

–Estás muy callada.

–Ha sido un día muy largo. Estoy cansada.

–Ah, claro, entiendo. Debería haberlo imaginado. Pero sería una desilusión para mí no tener el privilegio de escuchar tu opinión esta noche.

–No te preocupes, te daré mi opinión –murmuró ella.

Ninguno de los dos dijo nada durante un rato y Jed pensó en las horas que le esperaban. Podría estar con cualquier bombón y, sin embargo, había sentido la irresistible tentación de invitar a aquella chica a cenar. Y esperaba que mereciese la pena.

—¿Has cenado en Laurels alguna vez?

—No —contestó ella—. En Hydebound no nos pagan tanto como para eso —añadió luego, con una sonrisa pícara.

—Bueno, seguro que te gustará. Y al final de la noche, espero que nos entendamos un poco mejor.

El restaurante estaba situado en un precioso edificio de estilo georgiano, al otro lado de la ciudad. Y fueron recibidos en la puerta por el gerente, que saludó a Jed efusivamente.

—Buenas noches, señor Hunter —sonrió el hombre, obsequioso, mientras tomaba el chaquetón de Cryssie como preguntándose qué hacía con ella—. Le he reservado la mesa de siempre.

Cryssie, que se había percatado de esa reacción, sabía que ella no podría compararse con las «amigas» de Jed Hunter, pero había decidido no dejar que se le notase. Estaba allí porque la habían invitado y le daba igual que todas las miradas fuesen dirigidas al hombre que la acompañaba y ninguna hacia ella. Porque la verdad era que Jed Hunter estaba elegantísimo con su traje oscuro.

El champán llegó en cuanto se sentaron y el camarero llenó la copa de Cryssie antes de servir a Jed.

–Gracias, Simon. Bueno, vamos a brindar por Hydebound y por un futuro próspero.

Cryssie levantó su copa y tomó un sorbo, incapaz de creer que sólo una semana antes hubieran estado sentados en la cafetería de Latimer. Y que ella le hubiera dicho que las cosas allí no funcionaban bien.

En cuanto el carísimo alcohol llegó a su estómago, se sintió un poco más relajada y miró alrededor, admirando las mesas cubiertas por manteles de hilo blanco, las discretas lámparas, los cuadros de las paredes, las lujosas cortinas…

–¿A quién pensabas traer esta noche aquí? –le preguntó–. Porque es evidente que yo soy una solución de última hora.

–No pensaba traer a nadie. Tengo esta mesa reservada de forma más o menos permanente porque soy copropietario del local. Una de las ventajas de invertir juiciosamente.

–Ah, comprendo.

De modo que Jed Hunter también era copropietario de aquel local. Sí, él era de los que lo hacían todo a lo grande.

Pero apenas había tocado el champán mientras que su copa estaba casi vacía. Jed volvió a llenarla antes de tomar la carta, encuadernada en piel.

–Yo voy a tomar langosta y perdices con guarnición.

–Sí, eso suena bien –Cryssie tragó saliva–. Yo tomaré lo mismo.

La verdad era que no había visto una carta como aquélla en toda su vida y habría tardado un siglo en decidirse.

Jed sonrió. Cryssie tenía algo especial. Su vestido era espantoso, pero lo llevaba como si fuera un diseño de Armani. Su pelo estaba limpio, brillante, pero no se había puesto una gota de maquillaje. Sí, era una chica especial, desde luego. Era como si no hubiera querido impresionarlo a propósito. Un tipo de mujer que no había conocido antes.

Cenaron charlando sobre Hydebound y los empleados y ella hizo comentarios leales y afectuosos sobre los antiguos dueños. Nada de cotilleos ni comentarios desagradables. Desde luego, era una empleada fiel y podría serle conveniente en el futuro.

–¿Por qué te llaman Cryssie? ¿Es Christine, Christina?

–No, Crystal.

–¿Y por qué no te llaman Crystal? Es un bonito nombre. Aunque inusual.

–No me gusta, es un nombre un poco tonto. ¿Conoces a alguna Crystal?

–No, la verdad es que no. Pero me gusta.

–Pues yo prefiero que me llamen Cryssie.

–Muy bien, Cryssie. Lo que tú quieras.

–Un día me lo cambiaré oficialmente –dijo ella, clavando el tenedor en un espárrago.

–Seguro que sí. Eres una chica decidida y supongo que habrás hecho muchos planes. No vas a trabajar en Hydebound para siempre, ¿no?

El comentario la pilló por sorpresa. Lo último que deseaba era dar la impresión de que quería marcharse. ¿Sería aquélla una velada referencia a un posible despido?

–Pues… la verdad es que me gusta mi trabajo.

–Y no estás casada.

–No, no lo estoy. Ni pienso estarlo nunca. Tengo que pensar en Milo y en mi hermana, que está enferma casi todo el tiempo. Los dos dependen de mí y de mi sueldo, así que no tengo intención de cambiar de trabajo por el momento. Y en cuanto a mis planes… el único que tengo es hacer feliz a Milo.

–Milo es muy afortunado de tener una tía tan cariñosa.

–Por cierto, ¿cómo sabías que no estaba casada?

–He echado un vistazo a tu expediente esta tarde y he visto que vivías con tu hermana y con su hijo. Por eso pensé que podrías estar libre esta noche. ¿Era un secreto?

–No, claro que no. La verdad es que para mí Milo es casi como un hijo. Y es mejor así, porque yo no pienso tenerlos. Milo me adora y yo le adoro a él mientras que Polly, mi hermana, sólo vive para sí misma. Aunque no es culpa suya. La pobre está enferma desde que nació el niño y no creo que vaya a mejorar. Si algo le ocurriese, y espero que no, yo adoptaría a Milo. Así que, ya que preguntas, ésos son mis planes.

Sus propias palabras estuvieron a punto de hacerla llorar. Claro que le gustaría enamorarse de un hombre y tener hijos algún día. Pero una experiencia amarga en su pasado había destrozado esos planes, matando la confianza en el sexo opuesto. Cryssie había tenido una aventura de seis meses con el jefe de departamento en su primer empleo, un empleo que dejó en cuanto se dio cuenta de que él le había estado mintiendo.

Y cuando los hermanos Lewis le ofrecieron un trabajo tomó otra decisión: nunca más volvería a enamorarse de un jefe guapo e hipócrita que la utilizaría no sólo en el sentido profesional sino también en el sentido personal y emocional.

Jed, que la observaba atentamente, se dio cuenta de que sus ojos se habían empañado.

–¿Qué tienes en contra del matrimonio?

–Nada. Sólo el largo y duro camino que lleva hasta él. No merece la pena.

–Entonces, ¿has decidido conformarte con lo que tienes?

–Así es. Y soy muy feliz.

Jed tomó su copa, pensativo. Cryssie le había contado qué pensaba hacer con su vida, pero ¿y él? Bueno, al menos tenían eso en común: ninguno de los dos creía en el matrimonio. Al menos, hasta que su orgullo se hubiera recuperado del golpe que había sufrido. Su principal preocupación en aquel momento era dirigir el imperio familiar. Había logrado convencer a sus padres para que le confiasen las riendas de Latimer y todas las demás empresas y estaba disfrutando más que nunca. Además, era muy satisfactorio controlar un negocio donde su palabra era ley.

Capítulo 3

ERA CASI medianoche y el ambiente en el restaurante era de gran expectación. Después de cenar, una orquesta empezó a tocar varias piezas y unas cuantas parejas se animaron a bailar. El gerente se había acercado para decirle algo a Jed al oído, pero Cryssie no quiso preguntar.

Era un sitio tan elegante, tan bonito... Desde luego, sería fácil acostumbrarse a ese tipo de vida, pensó.

La gente estaba mirando el reloj. Claro, pronto empezaría la cuenta atrás. ¿Y qué iban a hacer para celebrar la llegada del nuevo año?

Entonces se le ocurrió algo aterrador. Y cuando miró a Jed, él la estaba mirando. No tendrían que besarse... Oh, no, no, eso no. Se metería bajo la mesa antes de besar a su nuevo jefe. Aunque tampoco quería portarse como si fuera una cría. Sería humillante para Jed si lo dejaba plantado mientras todo el mundo se besaba.

Aquél era uno de esos momentos para los que no estaba preparada.

Pero no debería haberse preocupado. Su «jefe» también debía de estar pensándolo y, cuando llegó el momento, Jed levantó su copa.

–Feliz Año Nuevo, Cryssie. Que sea un año bueno para todos.

Y se terminó. El momento había pasado. Jed sonreía con cierta superioridad, como si supiera lo que estaba pensando.

¿Por qué se había puesto tan nerviosa? Jed Hunter no iba a besarla. Estaban allí para hablar de trabajo, exclusivamente. Además, ¿habría sido tan horrible que la besara? ¿Sentir el calor de sus brazos, los latidos de su corazón? Cryssie miró su copa. Debía de haber bebido demasiado.

Sin embargo, ¿por qué se sentía tan decepcionada?

Era casi la una cuando el gerente usó un micrófono para dirigirse a los comensales:

–Señoras y señores, debo anunciarles que lleva más de una hora nevando y me temo que algunos de ustedes tendrán dificultades para volver a casa.

–¿Está nevando? –exclamó Cryssie.

–Sí, eso es lo que vino a decirme antes. Pero como no podíamos hacer nada, ¿para qué estropear la cena?

–¿Por qué ha dicho que podríamos tener dificultades para volver a casa? No puede… haber nevado tanto, ¿no?

Cryssie se sentía rara. Nunca había bebido tanto champán y le costaba trabajo formar frases completas.

–Toma, bebe un poco de agua –sonrió Jed–. Voy a salir un momento a ver el panorama. No te preocupes, Crystal. No pasa nada.

Cryssie estaba segura de que ni siquiera una nevada estropearía los planes de Jed Hunter, el hombre que siempre conseguía lo que quería. Además, el Laurels no estaba tan lejos de su casa. Su casa... ¿Por qué no estaba allí ahora, metida en la cama?

Él volvió a la mesa unos minutos después.

–¿Qué tal? ¿Podemos irnos?

–No, me temo que la tormenta de nieve ha sido totalmente inesperada. Y sigue nevando. Las carreteras están imposibles y no sacarán las máquinas quitanieves hasta por la mañana –contestó Jed, pasándose una mano por el pelo.

–¿Y qué vamos a hacer? Todo el mundo se está marchando.

–Sólo los que viven cerca de aquí y se atreven a volver andando a casa. Pero nosotros no podemos arriesgarnos.

–No creo que tardásemos tanto. Mi casa sólo está a diez kilómetros de aquí.

–¿Piensas ir caminando con esas sandalias en medio de una tormenta de nieve? ¿Y con ese vestidito?

–Si caminamos deprisa no será tan terrible. Y

unos pies mojados no son una amenaza de muerte. Sobreviviré, te lo aseguro.

Hablaba como si estuviera convencida, pero debía admitir que la cosa no parecía sencilla.

–Cryssie, lo siento, pero no podemos ir a tu casa esta noche. Sería una locura ir en coche e ir caminando es imposible. Lo siento, no sabía que esto iba a pasar…

–¿Y qué vamos a hacer, quedarnos aquí toda la noche? Yo tengo que volver a casa. Polly se llevará un susto…

–No te preocupes, seguro que tu hermana sabe sumar dos y dos. De todas formas, llámala por teléfono y deja un mensaje en el contestador.

Ella dejó escapar un suspiro.

–En fin, menos mal que mañana no tengo que trabajar. Si tuviera que ir a trabajar sin dormir, no daría pie con bola.

–No te preocupes, yo me encargaré de que duermas un rato.

–¿Cómo? No puedo dormir de pie.

–No tendrás que hacerlo. El gerente nos ha dejado una habitación…

–¿Una habitación? ¿Qué habitación? Esto es un restaurante…

–Es un hotel-restaurante –le explicó Jed–. Tienen unas cuantas habitaciones arriba, cuatro exactamente. Y nosotros, junto con otras parejas, hemos sido afortunados. Los demás tendrán que dormir apoyando la cabeza en la mesa.

Naturalmente, pensó Cryssie. Él era copropietario de aquel local, de modo que lo trataban como a un príncipe.

–Todo está preparado, señor Hunter –dijo el gerente entonces–. La habitación número uno, al final de la escalera. Es una habitación muy cómoda, se lo aseguro –añadió, mirando a Cryssie–. La mejor. Encontrarán en ella todo lo que necesiten.

–Gracias, Mark.

–Un momento… –empezó a decir Cryssie.

–Vamos, querida –la interrumpió Jed, tomándola del brazo–. Ya es hora de irse a la cama. Buenas noches, Mark. Y gracias otra vez.

¿Querida? «Yo no soy su querida», pensó Cryssie, enfadada. ¿De verdad pensaba que iba a pasar la noche con él, como si fuera lo más natural del mundo?

–Espera un momento. Si crees que yo…

–No hagas una escena –dijo Jed en voz baja–. En este sitio me conoce todo el mundo.

Cryssie se sentía incapaz de decir una palabra mientras subían la escalera. Aquello era completamente absurdo.

–No está mal –dijo él, después de entrar en la habitación–. ¿Qué lado de la cama prefieres?

Estaba tomándole el pelo, eso era evidente. Sus ojos negros tenían un brillo de burla que la enfadó aún más.

–Si crees que voy a dormir en esa cama contigo… ¡es impensable!

–¿Y qué piensas hacer? ¿Pasar la noche al fresco? Eso enfadaría mucho al gerente de Laurels. Pensaría que su hotel no es suficiente para la señora. Venga, no seas tonta, Cryssie. Estás cansada y esto es lo único que podemos hacer. Y no pongas esa cara. Por la mañana, lo verás todo de otra manera.

–Espero que tengas razón. Pero si crees que esto es parte de la fiesta… vamos a dejar una cosa clara, Jed Hunter. Yo no soy tu «querida» y no me gusta nada que me llames así.

–Sólo te llamé así para ahorrarnos una escenita. Habría sido mucho peor dar la impresión de que somos dos perfectos desconocidos.

–Sí, ya. Pues mira, te dejo la cama para ti solo. Yo no pienso dormir en ella –replicó Cryssie, tirando su bolso en el sofá–. Si me das una manta y una almohada, yo dormiré aquí perfectamente.

–Podríamos poner algo entre los dos –sugirió él–. Ya sabes, una barrera para que no… –Jed no terminó la frase al ver su expresión–. Muy bien, muy bien, de acuerdo. Lo que tú digas –suspiró entonces, quitándose la chaqueta.

Cryssie entró en el cuarto de baño y cerró la puerta. Sentada sobre el borde de la bañera, con la cabeza entre las manos, se preguntó cómo había terminado metida en aquel lío. ¿Qué diría Polly si le contaba con quién y cómo había pasado la noche?

Suspirando, levantó la cara. Colgados de la

puerta había dos albornoces blancos. Genial. Podría dormir perfectamente envuelta en uno de ellos.

Era un poco tarde para darse un baño, pero una ducha caliente resultaba irresistible, de modo que abrió el grifo y usó todos los geles y jabones que el restaurante-hotel ponía a disposición de sus clientes. Después de todo, ella nunca se había alojado en un sitio tan elegante. Aquello era el lujo y estaba dispuesta a disfrutar… todo lo que fuera posible, en sus circunstancias.

Pero luego pensó en el hombre que estaba al otro lado de la puerta y su humor decayó de inmediato. Sería mejor salir del baño, ocupar su sitio en el sofá y rezar para que la mañana llegase pronto. Y que aquel desafortunado episodio fuese olvidado lo antes posible.

Usando una de las muchas toallas que había en el baño, Cryssie se secó bien el pelo, completando el ejercicio con el uso de fragancias y polvos perfumados que el hotel regalaba. Luego, respirando profundamente, abrió la puerta y asomó la cabeza en la habitación, esperando que Jed estuviera dormido.

Pero no tuvo esa suerte. Porque allí estaba, completamente desnudo salvo por unos calzoncillos, tumbado en la cama tranquilamente con las manos en la nuca.

Cryssie observó el vello de su pecho y sus axilas, sus largas piernas, los muslos poderosos, aquel cuerpo vigoroso y masculino…

–Qué bien hueles.

–Gracias al hotel. Pero he dejado suficiente gel para ti –contestó ella.

Jed había colocado el edredón sobre el sofá, formando una especie de nido para que estuviese cómoda. Cryssie esperaba que él no pasara frío… pero luego se encogió de hombros. Jed Hunter sabía cuidar de sí mismo y ella también.

De repente, se le ocurrió pensar que desde que conoció a Jeremy Hunter su vida se había complicado de una forma increíble. Y no podía hacer nada.

El sofá era sorprendentemente cómodo, pensó. Aunque, afortunadamente, ella era más bien bajita. En fin, las cosas podían ser mucho peores, se dijo. Y pensara lo que pensara de Jed, estaba claro que no tenía intención de tocarla. Una vez bajo el edredón, Cryssie tuvo que sonreír. Qué pena que Jeremy Hunter hubiera elegido a la mujer equivocada para pasar el día de Nochevieja.

En el baño, Jed se secaba vigorosamente pasándose la toalla por los hombros, sus músculos se flexionaban por el esfuerzo. Cuando se miró al espejo, tuvo que sonreír. Evidentemente, la noche no iba a tener el final apasionado que él habría deseado en otras circunstancias. Aunque ésa no había sido su intención cuando invitó a cenar a Cryssie, por supuesto. Todo lo contrario.

Pero era curioso cómo habían terminado. Los

términos «beneficios» y «pérdidas» no le eran extraños. Y lo importante era el balance final.

Poniéndose el albornoz que colgaba en la puerta, Jed volvió a sonreír. Su primer instinto sobre Cryssie había sido acertado. Ella podría serle de gran ayuda en el futuro... si lograba ponerla de su lado. Evidentemente, habría una fuerte oposición a sus planes en Hydebound, pero al final conseguiría lo que quería... si era astuto.

Él sabía cómo complacer a las mujeres, conocía sus puntos más sensibles, física y emocionalmente. Pero aquella mujer era diferente. Lo había sabido desde que la vio en Latimer. Cuando llegó a Hydebound por la mañana, Cryssie se mostró totalmente indiferente, aunque debía de recordar su conversación en la cafetería y los comentarios que había hecho sobre los grandes almacenes. Y eso no parecía preocuparla.

En silencio, entró en el dormitorio y miró la figura inerte en el sofá. Estaba profundamente dormida, respirando pausadamente...

Jed lo pensó un momento y luego, inclinándose, la tomó en brazos y la llevó a la cama.

Capítulo 4

UNA LUZ fría que se filtraba por las cortinas despertó a Cryssie. Durante unos segundos se quedó inmóvil, incapaz de despertarse del todo. Aquélla no era su cama ni aquel lujoso edredón de seda el suyo. Bostezando perezosamente, estiró los dedos de los pies antes de recordar dónde estaba... y cuál era su situación.

Sentándose de golpe, miró alrededor, nerviosa. Jed no estaba por ningún lado y tampoco su ropa. Y en el sofá había una almohada y una manta, cuidadosamente doblada...

Con el corazón acelerado, Cryssie volvió a tumbarse en la cama y miró al techo. ¿Qué había pasado por la noche? ¿Qué hacía ella en la cama?

Tragando saliva, desató el albornoz y se pasó una mano por el estómago para encontrar una señal, cualquier señal, de que algo de naturaleza íntima había tenido lugar esa noche... Aunque habría sido imposible que no se enterase.

Enseguida supo que nada había pasado. Jed Hunter no se habría aprovechado de ella. No, él esperaría una amante que cooperase, no una pareja inconsciente.

Pero ella no había ido andando desde el sofá... Jed debía de haberla llevado allí. Lo sorprendente era que se hubiese quedado dormida nada más salir del cuarto de baño. Cryssie se pasó una mano por la cara. Tenía la boca seca y lo único que deseaba de verdad era una taza de té.

Como en respuesta a todas sus preguntas, la puerta se abrió y Jed entró en la habitación con una bandeja en la mano.

—Buenos días —la saludó.

A pesar de todo, Cryssie no pudo evitar una sonrisa al ver el zumo de naranja y el té con tostadas.

—Buenos días.

—Me alegra que por fin estés despierta.

Como siempre, tenía ventaja sobre ella. Estaba de pie, duchado, vestido y afeitado. Y guapísimo, como siempre. Pero con aquel traje de chaqueta oscuro y la bandeja en la mano...

—¿De qué te ríes?

—De ti. Pareces un camarero —contestó Cryssie, riéndose—. Gracias, joven. Pero no espere propina.

—No la esperaba —sonrió Jed, con un brillo travieso en sus ojos negros.

—¿Qué hora es?

—Las diez y media. Con un poco de suerte estarás en tu casa hacia las doce. Las máquinas quitanieves llevan trabajando desde el amanecer, así que me imagino que podremos irnos enseguida. ¿Te encuentras mejor? Creo que has dormido bastante bien.

–Sí, gracias –dijo ella–. Y gracias por dejarme la cama. ¿Tú has dormido algo?

–No mucho –admitió Jed–. Pero eso da igual. Yo puedo estar días sin dormir.

–¿Ah, sí? –sonrió Cryssie, sirviéndose el té.

¿Por qué se sentía tan protector con aquella chica?, se preguntó Jed.

–Esta mañana tienes muy buena cara.

–Gracias. ¿Tú ya has desayunado?

–He tomado un café. Si te apetece, podemos comer aquí antes de marcharnos. Ah, por cierto, no hay necesidad de que nadie en Hydebound sepa lo que ha pasado...

–¡Por supuesto! ¿Crees que voy a ir por ahí contándoselo a todo el mundo?

–No lo sé, Cryssie, por eso lo digo. Yo no suelo hablar de mi vida privada con nadie y te aconsejo que hagas lo mismo. Ahorra muchos rumores y cotilleos. Si por casualidad alguien se enterase, debes decir que sólo quería hablar contigo de un asunto de trabajo y que nos quedamos atrapados por la nieve... pero que dormimos cada uno en una habitación.

–No pienso contarle nada a nadie –replicó ella, airada–. ¿Por qué iba a hacerlo?

No debería preocuparse tanto por arruinar su

reputación de conquistador, pensaba. Además, lo de pasar la noche allí había sido idea de Jed, no suya. Y ella jamás lo habría contado en la oficina. Rose podía ser muy vengativa y no sería inteligente que supiera nada.

Jed sonreía, pero Cryssie no quería hacerlo. Debía reconocer que había empezado a caerle bien Jeremy Hunter, pero ese comentario no le había gustado nada. ¿Creía que debía decirle lo que tenía que hacer, como si fuera una niña pequeña?

—Y en cuanto podamos salir de aquí, quiero irme a casa.

—Sí, claro. Yo también. En cuanto a mañana… entrevistaré a todo el personal individualmente. ¿Te importa encargarte de tener listos los expedientes?

—Eso es responsabilidad de la secretaria, Rose Jacobs. Ella es perfectamente capaz de hacerlo —replicó Cryssie—. Y gracias por la cena de anoche. Nunca en mi vida había probado cosas tan ricas.

Jed levantó la cabeza, sus ojos negros se clavaron en los suyos. No tendría por qué haberle confesado su ignorancia, pensó. Podría haber fingido que cenar en un sitio como Laurels era algo normal para ella. Pero le gustaba su naturaleza sincera. Ninguna otra mujer lo había afectado de esa forma...

Cryssie no era nada pretenciosa, aunque tampoco era tímida. Y algunos de sus comentarios, la noche anterior, lo habían hecho reír.

Y, normalmente, las chicas con las que salía no eran famosas por su sentido del humor…

Poco después de las doce salían del restaurante. Afortunadamente, las máquinas quitanieves habían hecho su trabajo y cuando Jed detuvo el coche frente a la puerta de su casa, se volvió para mirarla, preguntándose qué estaría pensando. Había ido muy callada durante todo el camino. La familiaridad que se había creado entre ellos durante la cena había desaparecido por completo.

—¿Estás enfadada, Cryssie?

—No, no lo estoy… Jeremy. Aunque debería recordar que, a partir de ahora, debo llamarte señor Hunter.

—Si te refieres a la sugerencia de que no contases nada en la oficina… te aseguro que lo decía por ti, no por mí.

—Sí, claro, *Jeremy*.

Y después de repetir su nombre con clara ironía, Cryssie abrió la puerta del Porsche y salió antes de que él pudiera decir una palabra más.

Al día siguiente era un día laborable y cuando Cryssie llegó a la tienda comprobó que Jed ya estaba allí. Después de aparcar su coche al lado del brillante Porsche, corrió escaleras arriba. Rose estaba encendiendo los ordenadores.

–Buenos días, Rose. ¿Lo pasaste bien en Nochevieja?

–Regular. ¿Y tú?

–Como siempre –contestó Cryssie–. ¿Has visto al señor Hunter? Su coche está en el aparcamiento.

–Sí –contestó la secretaria–. Asomó la cabeza por la puerta hace unos minutos. Quiere vernos a todos, uno por uno. Y me ha pedido que le pase los expedientes del personal.

–Ah, ya.

–¿Qué te parece el nuevo jefe, Cryssie? ¿Tú crees que nuestros empleos peligran? ¿O que hará cambios que nos obliguen a marcharnos?

–¿Por qué me preguntas a mí?

–No sé… como lo conociste antes. Pensé que a lo mejor sabías algo.

–Sólo hablé con él en Latimer unos minutos. Me estaba quejando de un problema y él pasaba por allí en ese momento.

–Bueno, pero tendrás que reconocer que es guapísimo. No creo que ninguna de nosotras lo echase de la cama –se rió la secretaria.

–No, probablemente no –contestó Cryssie, apartando la mirada. Si ella supiera…

–No sé si querrá un café a las once, como el señor Lewis. O si le gusta con leche…

–No, él… –Cryssie iba a decir que lo tomaba solo, pero se contuvo a tiempo–. No te preocupes por esas cosas, ya te irás enterando.

Rose salió del despacho con los expedientes y Cryssie se llevó una mano al corazón. Había estado a punto de meter la pata. La imagen mental de Jed Hunter en la cama, desnudo aparte de los calzoncillos, aún hacía que se pusiera colorada. Y tuvo que admitir, por primera vez, lo cerca que había estado de compartir la cama con él, de pedirle que la acariciase… afortunadamente, ella era una mujer sensata.

Tragando saliva, tomó la botella de agua que siempre había sobre su mesa y bebió un largo trago. Era absurdo pensar esas cosas. Debía de ser evidente para Jed que ella no podía competir con las mujeres con las que él solía acostarse. Que desde el punto de vista sexual, ella no tenía nada que ofrecerle.

Casi al final del día sonó el interfono y fue llamada al despacho del nuevo jefe. Cryssie no pudo evitar sentir una punzada de tristeza al ver aquel sitio ocupado por otra persona… aunque esa persona fuera alguien tan guapo como Jeremy Hunter.

Jed le hizo un gesto con la mano para que se sentara y Cryssie tragó saliva. Incluso alguien como Rose, casada y ya entrada en años, había dejado claro que una noche con Jed Hunter le parecía más que apetecible. Y aquel día, en la polvorienta oficina, tenía que darle la razón. Llevaba un traje de chaqueta, como siempre; pero el pelo oscuro caía sobre su frente de manera más informal y Cryssie sintió la absurda tentación de alargar la mano y apartarle el flequillo…

«Deja de pensar tonterías», se dijo. Lo de la noche anterior había terminado y debía olvidarlo. Además, ese tipo de cosas de adolescente no eran lo suyo.

Pero se dio cuenta de que pensaba en Jed Hunter mucho más de lo que debería. Debía concentrarse en su objetivo principal: no fallarle nunca a Milo. Eso era lo único importante.

–Siéntate, Cryssie –dijo él, con toda formalidad–. Espero que tu familia no se alarmase por el retraso en volver a casa.

–No se alarmaron en absoluto. Mi hermana escuchó el mensaje que dejé en el contestador.

Su hermana no había mostrado el menor interés, pero Milo se había echado en sus brazos, exigiendo que jugase con él.

Jed no se molestó en abrir su expediente. ¿Estaría pensando en la noche anterior, como ella? El recuerdo de aquella cena, y lo que ocurrió después, estaría para siempre en su memoria.

–Tengo poco que decirte. Creo que nos conocemos el uno al otro razonablemente bien y sé sobre ti todo lo que tengo que saber. Los Lewis te han recomendado calurosamente. Según ellos, los libros de cuentas jamás han dado un solo problema y, además, me han dicho que te llevas muy bien con todo el mundo. Las relaciones en el trabajo son importantes.

–Cuando hay pocas personas, desde luego. Además, a todos nos gusta trabajar aquí.

Esperaba que Jed entendiera el mensaje: que no debía hacer cambios para no disgustar a nadie. La cuestión era si quería hacerlos o no.

–Como ya hablamos anoche, no tiene mucho sentido entrevistarte. Pero he pensado que a los demás les parecería raro que no lo hiciera.

–Sí, claro.

–Así que eso es todo, por el momento.

Viéndola con las manos juntas sobre el regazo, como si estuviera angustiada, Jed pensó que debía decir algo que la tranquilizase. Pero en lugar de hacerlo se levantó bruscamente.

–Yo… todos estamos ansiosos por conocer sus planes, señor Hunter. Nadie se siente seguro. ¿Vamos a conservar nuestros puestos de trabajo? –Cryssie tragó saliva. ¿Por qué se molestaba en preguntar? Seguramente, él no le diría la verdad.

–Naturalmente, tengo planes para la compañía, pero en este momento no sería sensato decir nada –contestó Jed, poniendo una mano sobre su brazo y sintiéndola temblar ligeramente–. Hydebound tiene que cambiar para ser una empresa competitiva. Todas las compañías modernas deben hacerlo. Tú deberías saberlo, Cryssie. Pero intenta no preocuparte demasiado. Todos seréis informados con tiempo sobre lo que pienso hacer y si eso va a afectaros.

Ella sacudió la cabeza.

–No es un buen momento para que tu puesto de trabajo esté en el aire. A mí, desde luego, me angustia mucho.

–Lo siento –se disculpó él–. Pero te informaré de todo cuando llegue el momento.

Y después de eso, Cryssie volvió a su despacho. Era posible que algunos de los empleados permaneciesen en la firma, ¿pero y el resto?

Esa idea hizo que sus ojos se nublaran. Aunque no la sorprendía. Estaba cansada y confusa... sobre todo confusa.

Rose, que estaba guardando sus cosas en el bolso para irse a casa, se alarmó al ver su expresión.

–¿Qué ha pasado? No habrá sido desagradable contigo, ¿verdad? A mí me ha parecido encantador... aunque no me ha contado qué planes tiene, claro. Vernos en su despacho ha sido una mera formalidad.

–No, no ha sido desagradable. Pero tengo la impresión de que los cambios no van a gustarnos.

–¿Por qué? ¿Qué te ha dicho?

–Nada, sólo que las empresas hoy en día tienen que cambiar para poder ser competitivas... no sé qué ha querido decir con eso, pero Jeremy Hunter parece un hombre que no tiene en cuenta los sentimientos de nadie –suspiró Cryssie, apagando el ordenador–. Ojalá los Lewis siguieran llevando el negocio. ¡Y ojalá Jed Hunter no existiera en absoluto!

–No te preocupes, no creo que vaya a echar a nadie. Especialmente si no le damos problemas. A los hombres como él les gusta tener a su lado gente sumisa.

–Sí, bueno, pues en lo que a mí respecta lo lleva claro –murmuró Cryssie, apagando la luz.

Mientras tanto, Jed miraba por la ventana del despacho, con las manos en los bolsillos. Cryssie Rowe había dejado bien claro que para ella cualquier cambio en su vida no sería bienvenido... pues sería mejor que se acostumbrase, pensó.

Pero había algo que lo tenía intrigado. Tenía que descubrir qué clase de mujer era. ¿De verdad era tan fría con los hombres como quería dar a entender? ¿O esa frialdad era una máscara? Jed recordó la cena en Laurels y sonrió. Tarde o temprano lo descubriría.

Capítulo 5

S I HABÍA pensado que en su vida no iba a haber cambios, Cryssie se llevó una sorpresa. Porque unas semanas después, Jed Hunter la llamó a su despacho y cerró la puerta.

Aunque apenas la miró mientras se sentaba.

Jed no podía dejar de pensar en ella en aquella cama, dormida, con sus pestañas, sorprendentemente largas, haciendo sombra sobre sus pómulos. Estaba empezando a enfadarse consigo mismo por la cantidad de veces que esa imagen aparecía en su cabeza.

–Cryssie, las cosas van más rápido de lo que yo esperaba –le dijo–. Y quería que tú fueras la primera en saberlo.

Ella tragó saliva, asustada.

–¿Qué quieres decir?

–Yo… mi familia y yo hemos decidido vender este edificio y convertirlo en un hotel. Mañana llamaré a todo el personal para explicárselo.

–Pero… ¿quieres decir que Hydebound dejará de existir?

–Sé que esta noticia no va a ser agradable

para nadie, pero es inevitable. Por supuesto, no aceptaremos más pedidos, pero terminaremos los que ya estén firmados –Jed se detuvo al darse cuenta de que a Cryssie le temblaban las manos–. Creo que terminaremos con los pedidos para marzo o abril y supongo que el cierre será durante el mes de junio. El personal recibirá una indemnización, naturalmente. Mientras tanto, todos pueden ir buscando trabajo. Aunque habrá puestos disponibles en el hotel. Yo ayudaré en lo que pueda, te lo aseguro. Espero contar con tu cooperación, Cryssie. Evidentemente, tienes muy buena relación con tus compañeros, así que quizá puedas ayudarme.

¿Ayudarlo? ¿La estaba dejando en la calle y le pedía ayuda? Cryssie tuvo que hacer un esfuerzo para recuperar la voz.

–De modo que estamos todos sin trabajo. Así de claro. Y vas a cargarte una empresa familiar que lleva haciendo negocios más de cincuenta años…

–Sí, me temo que sí. Pero te aseguro que el nuevo hotel será bueno para la ciudad. Para la economía local, quiero decir.

Durante unos segundos, Cryssie no pudo decir nada. Y luego…

–Eres un cerdo.

–¿Perdona?

–¿Cómo puedes hacer una canallada así? ¿Cómo puedes cerrar una empresa y dejar a todos sus empleados en la calle? ¿Quién ha dicho que esta ciudad necesita otro hotel? ¡Ya hay dos y es una ciudad muy pequeña!

–Sí y son tan antiguos como Hydebound –replicó Jed–. Los turistas siempre se quejan de que no hay ningún sitio decente en el que alojarse. Será un hotel de lujo, con piscina y spa… Está en el sitio adecuado, a las afueras de la ciudad, con espacio para aparcamiento y mucho campo alrededor. No podría encontrar un sitio mejor…

–¡Sí, claro, para ti! –casi gritó Cryssie–. ¿Pero te das cuenta de a cuánta gente va a afectar esto? ¡Gente que tiene familia!

–No te pongas dramática, por favor. Los más jóvenes encontrarán otro trabajo enseguida y, como ya te he dicho, tengo intención de ayudar. Habrá puestos de trabajo en el hotel cuando esté terminado…

–¡Cuando esté terminado!

–Eso será antes de lo que imaginas.

–Pero muchas de las personas que trabajan aquí son *artesanos* –replicó ella–. ¡No saben nada de hoteles! ¿Qué piensas hacer por ellos?

–En el mundo de hoy hay que ser flexible, Cryssie. Y si solicitan un puesto de trabajo en Latimer, haré que los tengan en cuenta. La gente no puede esperar tener el mismo trabajo de por vida…

–¿Y por qué no? ¡La gente tiene que pagar hipotecas! ¿Cómo te atreves a decidir si pueden o no pueden tener un techo sobre sus cabezas? Son expertos en su trabajo y…

–¿Entonces por qué Hydebound ha estado perdiendo dinero durante los últimos años? –la interrumpió Jed–. Ninguna empresa puede sostenerse con pérdidas. Este sitio está alejado de la ciudad, la gente no viene aquí a comprar… Sí, ya sé que hay clientes de toda la vida, pero también eso está disminuyendo porque todo el mundo busca objetos más baratos. Y no olvides la venta por catálogo –Jed se pasó una mano por el pelo–. Sé que esta empresa ha sido como una familia durante muchos años y que durante un tiempo obtuvo beneficios, pero ese tiempo ya ha pasado. No se puede sobrevivir por afecto o por suerte. Y eso es lo que los Lewis han estado haciendo durante mucho tiempo. Un negocio es un negocio, Cryssie. ¡Y el mundo se mueve gracias a los beneficios que dan las empresas!

Para entonces, Jed estaba casi tan furioso como Cryssie y se volvió, irritado por su respuesta y por su propia reacción. Por supuesto había sabido desde el primer encuentro que Cryssie era leal a su empresa y a sus colegas, pero si pensaba que podría hacerlo cambiar de opinión, se estaba engañando a sí misma. Cuando decidía hacer algo lo hacía y nada ni nadie podría convencerlo de lo contrario.

Entonces vio que Cryssie se llevaba una mano a la boca, como para contener un sollozo.

–La razón por la que te he llamado es que quiero que sigas trabajando conmigo… como mi ayudante personal. Será un trabajo duro y te obligará a viajar muchas veces. Eso podría ser un problema para ti, pero…

–¡No, gracias! No quiero trabajar contigo –le espetó Cryssie, desafiante–. No estoy acostumbrada a trabajar con ogros… por mucho dinero que tengan.

–¡No digas tonterías! Escúchame, Cryssie, cálmate.

–¿Que me calme? ¡No he estado más calmada en toda mi vida! No quiero saber nada de ti. Soy la primera que se va...

–¡Escúchame! Lo que decidas durante los próximos minutos podría afectar al resto de tu vida. Te estoy ofreciendo la mejor oportunidad profesional que van a ofrecerte nunca. Quiero que te quedes y me ayudes a tratar con el resto de los empleados hasta que hayamos entregado todos los pedidos. Y después, como mi ayudante personal. Y estoy dispuesto a triplicar tu salario como incentivo.

Aquello último hizo que Cryssie contuviera el aliento. ¿Triplicar su salario? Pero su vacilación no duró mucho. No iba a comprarla con tanta facilidad.

–Quédese con su dinero, señor Hunter. El dinero no lo es todo en la vida.

–En los negocios sí –replicó él.

Y, de repente, la tomó por la cintura, forzando su boca sobre la suya, con el peso de su cuerpo casi haciendo que se le doblaran las rodillas. Atónita, Cryssie sintió que sus labios se abrían como por voluntad propia y, después, el húmedo roce de su lengua. Y luego no pudo oír ningún otro sonido salvo los latidos de su corazón. Sentir ninguna otra sensación salvo el roce del cuerpo masculino, la presión de sus dedos en la cintura. Después de un segundo se dio cuenta de lo que estaba pasando: su determinación la había abandonado. Ser abrazada así era extrañamente consolador, incluso en aquellas circunstancias y, sin pensar, se apoyó en el torso masculino, dejándose envolver por aquel hombre, quedando a su merced…

No sabía cuánto tiempo había permanecido en esa posición, pero al final Jed se apartó, enfadado por su falta de control.

—Te aconsejo que pienses seriamente en mi oferta. No seas impulsiva. Te necesito… no sólo aquí, para solucionar el futuro inmediato de Hydebound, sino también para el resto de mis empresas. Llevo mucho tiempo buscando a alguien en quien pueda confiar, una mujer con la cabeza sobre los hombros y que no tenga miedo de dar su opinión. ¿Entiendes lo que digo?

—¿Por qué no se lo pides a Rose? —preguntó Cryssie, intentando desesperadamente controlar sus emociones.

–¿Por qué voy a querer a una mujer que me dice que sí a todo? ¿Para qué me serviría? Quiero alguien que sea un reto… quizá que me haga ver las cosas de otra manera –Jed sacudió la cabeza, enfadado–. Tú eres la persona que quiero. Y te aseguro que no te arrepentirás.

Cryssie escuchaba todo aquello como si no fuera dirigido a ella, como si estuviera hablando con otra persona. ¿Qué acababa de pasar? ¿Qué estaban haciendo?

–Sí, bueno, por el momento no he conseguido hacerte cambiar de opinión.

Jed se pasó una mano por el pelo.

–Cryssie, los Lewis estaban a punto de declararse en quiebra. ¿Cómo es posible que tú no lo supieras?

Cryssie debía admitir que no sabía que las cosas estuvieran tan mal.

–Al menos les he ahorrado esa ignominia –siguió Jed–. He pagado todas sus deudas, incluyendo impuestos atrasados, para que pudieran irse de aquí con la cabeza bien alta. Todo el mundo pensará que se han retirado, algo normal después de más de cuarenta años en el negocio. Es la parcela lo que más me interesa. Está en un sitio muy valioso y será un dinero bien gastado.

Para entonces, el papel de Cryssie como proveedora de su familia había vuelto a ocupar el sitio que le correspondía en su cabeza.

–Y me necesitas a mí.

–Sí. Y tú me necesitas *a mí*. Y Milo también. O necesita mi dinero, en realidad. Como te he dicho, estoy dispuesto a triplicar tu salario. La vida será más fácil para ti y toda tu familia. ¿Eso no te importa?

¿Cómo no iba a importarle? Eso era lo más importante para ella, cuidar de su familia.

–Nadie volverá a dirigirme la palabra –murmuró–. Cuando descubran que soy la única que tiene un trabajo seguro… ¿cómo voy a soportar eso? ¡Aquí somos todos amigos!

–No dirás una palabra –contestó Jed–. Seguirás aquí como todos los demás durante estos meses. No hay necesidad de decir nada.

Tenía razón. El hombre que lo conseguía todo, que hacía siempre lo que quería, tenía razón sobre lo más importante y su sentido común prevaleció. Sabía que por Polly y por Milo no podía rechazar la oferta. Pero seguía sin entender por qué Jed la había elegido precisamente a ella como ayudante personal. Debía de haber montones de secretarias que podrían darle lo que necesitaba.

–Muy bien… acepto tu oferta –dijo por fin. Aunque se arrepintió al ver la sonrisa de satisfacción en sus elegantes facciones.

–Gracias, Crystal… Cryssie. No lo lamentarás.

–Sinceramente, espero que no –murmuró ella–. Bueno, será mejor que me vaya o Rose empezará a hacer preguntas.

Luego se dio la vuelta y abrió la puerta del despacho… para encontrarse allí a Rose con una expresión de total incredulidad. Cryssie, horrorizada, se dio cuenta de que la secretaria debía de haberlo oído todo. Incluso podría haber visto que se besaban porque la puerta tenía paneles de cristal esmerilado…

–¿Se puede saber qué ha pasado? No he podido oírlo todo, pero… ¿no me digas que te ha pegado?

–¿Qué? No, no… no ha sido eso. Es que estaba furioso…

–¿Por qué?

–Por una cosa que he dicho –contestó Cryssie a toda prisa–. Le dije algo que lo molestó… lo que has visto es la típica reacción de un hombre cuando está furioso. Muestran su enfado de esa forma para… poder seguir creyendo que tienen la razón. Es una cosa masculina –siguió, sin saber muy bien lo que decía–. Me empujó y yo le empujé a él.

–Pues a mí me ha parecido algo más que eso –insistió Rose–. Si quieres demandarlo, yo puedo declarar como testigo.

–No, no… no es algo que se pueda denunciar. No te preocupes por mí, Rose, estoy bien. Y sé cuidar de mí misma.

Mientras volvía a casa, Cryssie no dejaba de darle vueltas a lo que había pasado. Jed le había dicho que cerraba el negocio y luego, de inmediato, le ofrecía una oportunidad única… por no decir nada del musculoso y ardiente abrazo de su nuevo jefe.

Al parar en un semáforo, se miró brevemente en el espejo retrovisor y dejó escapar un suspiro. Lo que le había contado a Rose era la verdad. El abrazo de Jed, el apasionado beso, no tenían nada que ver con un deseo sexual. Sólo habían sido resultado de su furia. Nada más y nada menos.

Y, a pesar de sus buenas intenciones, Cryssie sabía que, de nuevo, estaba enamorándose de un hombre al que quería despreciar.

Capítulo 6

AL FINAL del día siguiente, todos los empleados conocían la noticia. De pie en el despacho de Jed, escucharon, atónitos, sus planes para Hydebound, su formidable presencia evitó que se atrevieran a hacer preguntas.

Como siempre, Jed Hunter lo tenía todo controlado. Cryssie mantuvo la cabeza baja, con el corazón latiéndole a toda velocidad.

Él se marchó luego abruptamente y, cuando se quedaron solos, todo el mundo empezó a hablar al mismo tiempo. Nadie podía creerlo y el miedo al desempleo era palpable. Cryssie, sin saber qué decir, dejó escapar un suspiro.

—Es increíble. Después de tantos años… Bueno, me duele muchísimo la cabeza, así que me voy a casa. ¿Te importa cerrar, Rose?

Más tarde esa noche, después de haber metido a Milo en la cama, Cryssie se puso un chándal azul marino y se dejó caer en un sillón frente a Polly. Mirando a su hermana, pensó por enésima vez lo guapa que era, con su largo pelo castaño con reflejos rojizos… A pesar de sus problemas emocionales, Polly cuidaba mucho su aspecto. Y su aparente fragilidad le daba un gran encanto, con esos ojos tan grandes…

Alrededor de las nueve, Polly se estiró, bostezando.

–Me voy a la cama, Cryssie.

Y ella pensó: «Por favor, no me digas que estás cansada».

–Yo iré enseguida –murmuró–. Antes quiero terminar este crucigrama.

En ese momento sonó un golpecito en la puerta y las dos se miraron, sorprendidas.

–¿Quién puede ser? –murmuró Polly–. Nunca viene nadie a estas horas.

Cryssie se levantó del sillón.

–Sólo hay una manera de averiguarlo.

Dejando puesta la cadena, abrió la puerta cautelosamente y lanzó una exclamación al ver al hombre que parecía dominar toda su vida.

–Señor Hunter... Jed. ¿Qué haces aquí? ¿Ha ocurrido algo?

–No, no ha ocurrido nada –contestó él, como si fuera totalmente normal ir a casa de una empleada después de la hora de la cena–. ¿Puedo hablar contigo un momento?

A Cryssie empezó a latirle el corazón con fuerza. ¿Qué querría ahora? Aquel día no podía pasarle nada más.

–Sí, claro, pasa –contestó, quitando la cadena.

Cuando entraron en el salón, Polly se incorporó en el sofá… ¡y se quedó transfigurada mirando a Jed! Cryssie miró de uno a otro y vio de inmediato el efecto que aquel atractivo extraño ejercía en su hermana. «Oh, no, no intentes conquistarlo, Poll. No saldrá bien». Pero... ¿qué sabía ella? Jed también estaba mirándola… su delgada figura en vaqueros y camisola de color crema, el pelo caído sobre un hombro, los ojos brillantes. Era una mujer deseable y Cryssie lo sabía muy bien. Pero en sus austeras vidas no solía entrar ningún hombre que despertase el interés de su hermana.

–Señor Hunter, le presento a mi hermana, Polly. Polly, te presento a mi jefe, Jed Hunter, que acaba de comprar Hydebound.

Polly se levantó graciosamente del sofá para saludarlo y Jed tomó su mano con una sonrisa en los labios.

–Siento molestarla a estas horas –se disculpó. Y Cryssie detectó una nota de admiración en su voz.

Polly estaba mirándolo con gran interés, claramente fascinada por sus ojos negros y su atractivo rostro. Jed, con un polo azul y una bonita cazadora de ante, se volvió hacia Cryssie, que se puso colorada. Sabía perfectamente que su apariencia no tenía nada que ver con la de su hermana: un pantalón de chándal viejo, descalza, el pelo suelto cayendo despeinado sobre sus hombros...

Pero se obligó a sí misma a levantar la cabeza. Aquello no era una competición entre su hermana y ella. Además, si lo fuera, Polly ganaría sin mover un dedo.

–Siento venir así, sin avisar, pero tenemos que hablar sobre algo importante.

–Yo me iba a la cama –dijo Polly, con una sonrisa angelical.

–No se preocupe. Terminaremos enseguida.

Polly salió de la habitación mirando a Cryssie con curiosidad, seguramente preguntándose por qué no se había molestado en describir a su nuevo y atractivo jefe.

Una vez solos, se miraron el uno al otro y Cryssie entendió la razón para aquella inesperada visita. Jed había tenido tiempo para pensar en lo irracional de su comportamiento en la oficina y, evidentemente, lo lamentaba. Incluso podría haber pensado que ella iba a demandarlo por acoso sexual o algo así. Y había ido a pedirle disculpas.

–¿Y bien?

–Pues... es que estaba por aquí... tomando una copa con unos amigos... –empezó a decir Jed–. Y se me ha ocurrido venir a hablar contigo.

–Dime –murmuró Cryssie, esperando una explicación.

–Tengo que hacer algunas cosas en Londres el domingo y me gustaría que vinieras conmigo.

Lo mejor es que empieces con tu nuevo trabajo lo antes posible.

–¿En domingo? ¿La gente trabaja los domingos?

Él levantó una ceja.

–Cuando es necesario, sí. Los domingos son los únicos días libres para los clientes importantes.

Naturalmente, pensó Cryssie. Para Jeremy Hunter, nada era más importante que el negocio. Y sabía que ella tendría que aceptar. No estaba en posición de poner objeciones.

–Muy bien –dijo, con desgana–. Supongo que Milo y mi hermana pueden divertirse solos un domingo, para variar. ¿Tendremos que estar fuera todo el día?

–Me temo que sí. Así que no hagas otros planes.

Por un segundo, Cryssie estuvo a punto de decirle que no. Jed Hunter parecía dispuesto a dirigir su vida fuera y dentro de la oficina… y sólo había aceptado ser su ayudante personal. Pero no estaba de humor para otra batalla.

–¿A qué hora tenemos que irnos?

–Vendré a buscarte a las diez. La reunión es a la una, así que tendremos tiempo de comer algo antes.

Cryssie se mordió los labios. La idea de «comer algo» con Jed Hunter un domingo, el único día que podía hacer un almuerzo de verdad para su familia, no le parecía nada atractiva. Pero la realidad era que había prometido, o había sido más o menos forzada a prometer, que sería la ayudante personal de Jed Hunter, de modo que debía aceptarlo.

Y él no parecía tener intención de marcharse.

–¿Quieres un café? ¿O tienes que irte a algún sitio?

–No, no tengo que ir a ningún sitio. Y un café estaría muy bien. Gracias.

Cryssie encendió la cafetera y sacó dos tazas del armario. Se alegraba de haber limpiado la cocina después de cenar. El salón estaba lleno de juguetes y periódicos tirados por todas partes, pero al menos Jed podría sentarse allí.

–Es una cocina muy agradable.

–Gracias. A nosotros nos gusta –sonrió ella, preguntándose qué estaría pensando de verdad. Podía imaginar el esplendor de su casa y seguramente «agradable» no sería la palabra apropiada para definirla–. Aunque se nos está quedando pequeña. Cuando Milo se haga mayor no sé qué vamos a hacer.

–¿Le has contado a Polly tus planes para el futuro? ¿O que Hydebound va a cerrar?

–No. Yo no suelo hablar con mi hermana de esas cosas –suspiró Cryssie, pensando que sería estupendo poder hacerlo–. Le resulta difícil preocuparse por lo que ocurre fuera de esta casa, así que no suelo contarle nada.

–¿Y qué hace ella aquí todo el día?

–Nada. Es esteticista, pero sufrió una depresión posparto y le resulta muy difícil mantener un trabajo. Se cansa, se deprime… Es mejor que se quede en casa cuidando del niño. Mientras Milo tenga todo lo que necesita, emocional y físicamente, yo estoy contenta.

Como si lo hubiera conjurado, una carita apareció entonces en la puerta de la cocina.

–¡Milo! ¿Qué haces levantado?

El niño entró corriendo y se sentó sobre las rodillas de su tía.

–He tenido una pesadilla. No puedo dormir. Y he oído voces –contestó, mirando descaradamente a Jed.

–Hola, Milo.

–Hola.

–Es el señor Hunter.

–¿Es tu amigo?

–Sí, es mi amigo –Cryssie estaba mirando a Jed y sus ojos negros la mantuvieron cautiva durante unos segundos.

–¿Mamá te ha dicho que quiero una bicicleta por mi cumpleaños?

–Sí, me lo ha contado. Ya veremos lo que se puede hacer. A lo mejor podemos ir de tiendas la semana que viene…

–Y necesito un uniforme para el colegio –la interrumpió su sobrino–. La señorita Hobson nos lo ha dicho esta mañana. ¡Y tengo que llevar corbata!

–Ah, entonces vas a parecer muy mayor. No te hagas mayor, Milo. Quédate como estás.

El niño enterró la carita en su pecho.

–¿Puedo dormir en tu cama esta noche, Cryssie? No quiero volver a mi habitación.

–Bueno, ya veremos. Por ahora cierra los ojitos...

Milo hizo lo que le pedía y pronto se quedó dormido mientras Jed y ella tomaban café.

–Es un niño precioso. ¿Puedo preguntar quién es su padre?

–Nadie lo sabe –contestó Cryssie–. Ni siquiera Polly está segura. Y cuando se quedó embarazada eso pasó a segundo término. Mi tía abuela Josie, que prácticamente nos crió, acababa de morir y Polly tuvo un embarazo muy difícil... En fin, eso ya da igual.

–Tu hermana y tu sobrino son muy afortunados de tener a alguien como tú.

–Y yo también. Tengo todo lo que necesito.

–No todo el mundo puede decir eso.

El niño se movió entonces, inquieto.

–Bueno, me parece que tengo que llevarlo a la cama.

Jed se levantó inmediatamente.

–Deja que lo lleve yo. Debe de pesar mucho.

Y con un grácil movimiento tomó a Milo en brazos. Suspirando, Cryssie lo llevó hasta su ha-

bitación en el segundo piso, un dormitorio pequeño pero bonito. Jed dejó al niño en la cama
con suavidad y lo tapó con el edredón.

–No fue a despertar a su madre cuando tuvo la
pesadilla –murmuró después.

–No, siempre acude a mí.

Bajaron juntos de nuevo al salón y, después
de llamar a un taxi por teléfono, Jed se detuvo un
momento en el pasillo.

–Recuerda, a las diez en punto el domingo –le
recordó, con cierta sequedad.

–Muy bien –contestó ella, en el mismo tono.

Qué pronto cambiaba de humor, pensó. Evidentemente le había gustado Milo pero, de repente, volvía a ser el hombre de negocios.

Estaban tan cerca que cualquier movimiento
los habría echado el uno sobre el otro. Y, a pesar
de todo, Cryssie deseaba que fuera así. Deseaba
que la abrazara como la había abrazado en la oficina, hasta dejarla sin aliento.

Pero Jed abrió la puerta bruscamente y, di-
ciéndole adiós con un gesto, salió de la casa.

Ella se quedó en la puerta hasta que subió al
taxi. Después, apagó la luz y subió a su habitación.

Pero no podía dormir y se quedó mirando al
techo, confusa. Confusa al saber que Jeremy
Hunter había despertado su deseo de una forma
que la aterrorizaba. Ella no quería aquello… no
necesitaba aquello. Pero su vida estaba empe-

zando a unirse con la de Jed Hunter y se sentía atrapada entre sus necesidades económicas y su dilema emocional.

En silencio, en la oscuridad, las lágrimas empezaron a rodar por su rostro. Lágrimas ardientes que no había derramado en tres años. Porque sabía que el único hombre que la había besado en todo ese tiempo lo había hecho ofuscado y furioso. No había sido nada más que eso. No había sido el deseo sino la frustración lo que había hecho que Jed la besara en la oficina. Porque para él era impensable que una mujer intentase decirle lo que tenía que hacer.

Mientras iba en el taxi, Jed no dejaba de pensar en Cryssie. Durante los últimos años había desarrollado una especie de burbuja a su alrededor. Una burbuja protectora que nada ni nadie podía romper. Se sentía seguro así, emocionalmente imperturbable.

Pero desde que Crystal Rowe se había cruzado en su camino sentía que estaba en peligro. Aquella chica le tocaba el corazón como no lo había hecho ninguna otra. Nunca olvidaría su expresión, su cara de horror, cuando le dio la noticia de que iba a cerrar la empresa.

Había pasado esa noche solo en un pub, recordando lo que habían dicho el uno y el otro… y sobre todo, recordando aquel beso inesperado.

¿Por qué la había besado?, se preguntó. No había podido contenerse. El fuego que vio en sus ojos mientras lo acusaba de ser un canalla había encendido otro dentro de él; un fuego que había convertido la frustración en pasión. Y ella había compartido esa pasión, estaba absolutamente seguro. Había sentido cómo Cryssie se derretía entre sus brazos. Y, por mucho que intentase describirse a sí misma como una mujer fría, distante, sin el menor interés por los hombres… no era verdad.

Ese día había perdido el control tanto como él.

Capítulo 7

EL DOMINGO por la mañana, Cryssie seguía a Jed por el rellano de un imponente edificio de apartamentos en la mejor zona de Londres. Una vez dentro de su ático, él se acercó inmediatamente a las ventanas para apartar las cortinas y dejar entrar la luz.

Cryssie intentó disimular su admiración mientras miraba alrededor. Era, evidentemente, el apartamento de un hombre soltero, opulento pero discreto a la vez. Como únicos muebles, un par de sofás, dos mesitas y una enorme pantalla de televisión. Pero las piezas de decoración eran de aspecto valioso y el espejo que había sobre la chimenea reflejaba una serie de fotografías de Londres en blanco y negro.

Jed tiró el ordenador portátil sobre el sofá y se volvió hacia Cryssie.

—Ésta es mi casa cuando estoy en Londres. Resulta muy útil y es más cómodo que alojarme en un hotel.

«Muy útil» no era precisamente como Cryssie lo hubiera descrito.

–Es muy agradable. Y está muy bien situado.

–Me viene bien para recibir a socios y clientes de vez en cuando. Cenamos en Renaldo's, que está aquí abajo… ¿quieres verlo todo? Sé que a las mujeres os gustan esas cosas –dijo Jed entonces, indicando que lo siguiera–. Éste es mi dormitorio… con un vestidor. Ése es el baño y allí está la cocina. Sólo he hecho café y tostadas aquí… ah, y un par de tortillas francesas, si no recuerdo mal. Cuando recibo gente, le pido al chef de Renaldo's que nos suba algo. Así todo es mucho más cómodo.

Cryssie estaba impresionada. Aquello debía de costar una fortuna. Pero ¿qué le importaba a ella? Mientras a Jed Hunter le fueran las cosas bien, mejor para todos.

Aun así, se sentía inquieta. ¿Dónde se estaba metiendo y qué esperaba Jed de ella? No sabía si podía confiar en él y, sobre todo, no estaba segura de sí misma. Debía admitir que, a veces, su sentido común amenazaba con perder la partida ante lo que aquel hombre despertaba en ella, por mucho que quisiera mantener las distancias.

–Yo tengo que comprobar unas cosas. Pero estás en tu casa.

Cryssie entró en el baño y se miró al espejo, sonriendo. Su sencillo traje de chaqueta negro, comprado años antes, había soportado bien el paso del tiempo. Era de corte clásico y hacía juego con la blusa color marfil.

Polly había insistido en prestarle sus pendientes especiales: unos cristalitos redondos que atrapaban la luz cada vez que movía la cabeza. Y sí, debía admitir que le quedaban muy bien.

Por el camino, Jed le había explicado que el cliente al que iban a ver tenía una propiedad que su familia quería comprar. Pero, aparentemente, la negociación no iba a ser fácil.

–¿Y qué puedo hacer yo? –preguntó Cryssie.

–Escuchar y tomar notas –contestó él–. Es muy importante anotar todos los detalles de la conversación. Yo no voy a poder recordar todo lo que se diga.

Jed la miró entonces de arriba abajo. Le gustaba aquel traje. La hacía parecer discretamente atractiva y muy profesional. Además, aquel día llevaba unos pendientes que le daban un aire sofisticado. Le encantaría vestirla, pensó, darle un capricho…

Jed frunció el ceño. Pensar esas cosas era peligroso… ya había hecho eso antes y el resultado fue un desastre.

De repente sonó su móvil y Cryssie vio que su expresión se ensombrecía. Algo no le estaba gustando nada.

–Muy bien… entiendo, sí. En fin, qué se le va a hacer. Gracias por llamar –Jed cerró el teléfono y se volvió hacia ella–. Por lo visto, el cliente ha pillado no sé qué virus y no se encuentra bien… de modo que venir hasta aquí ha sido una pérdida de tiempo.

–No importa. Esas cosas pasan –sonrió Cryssie, pensando: «genial, ya puedo irme a casa».

–Pero no quiero perder todo el día. Después de comer podríamos ir a dar un paseo por el río. Está saliendo el sol y no hace mucho frío… ¿Crees que podríamos ser dos seres humanos en lugar del ogro del jefe y su reticente secretaria?

–Pues…

–Así podremos conocernos un poco mejor. Si vamos a trabajar juntos, tenemos que conocernos… no sé si me entiendes.

Cryssie tragó saliva.

–Yo sólo he estado en Londres una vez y me gustaría dar un paseo a la orilla del Támesis.

–Genial. Pero antes vamos a comer algo.

Renaldo's era un restaurante italiano suavemente iluminado, algo que añadía sensualidad a la ocasión, incluso a aquella hora del día.

–No puedo creer que esté aquí, haciendo esto –dijo Cryssie, apoyando los codos en la mesa.

–¿Por qué?

–No sé, porque el resto de mis compañeros están angustiados, preguntándose si encontrarán otro trabajo y yo…

–¿Tú estás tranquila? Deja de preocuparte. La vida es así, llena de buenos y malos momentos.

Cryssie era una mezcla extraña. Muy madura para unas cosas y muy ingenua para otras. Y le apetecía enseñarle la ciudad, apartándola por un día de sus obligaciones familiares.

Después de tomar un delicioso plato de pasta
y una botella de Chardonnay, tomaron un taxi
hasta la plaza de Trafalgar, llena de turistas y pa-
lomas que levantaban el vuelo cuando los niños
intentaban tocarlas. Jed comprobó, divertido,
que Cryssie se apartaba un par de veces con cara
de susto.

–No te darán miedo, ¿verdad?

–Un poco –admitió ella, riéndose–. Siempre
me han dado miedo las cosas que me rozan la
cara de forma inesperada.

–Ah, intentaré recordarlo –dijo Jed, enigmá-
tico.

Y ella se puso colorada.

–¿Tú no tienes ninguna manía?

–No, la verdad es que no. Aunque no me pre-
sentaría voluntario para pasar la noche con un par
de serpientes venenosas –sonrió Jed–. ¿Quieres
que vayamos a ver tiendas? En Londres, están
abiertas los domingos.

–Me gustaría dar un paseo por la calle Ox-
ford.

–Ah, muy bien.

Paseando con ella, Jed no dejaba de preguntarse por qué se sentía tan… contento. En lugar
de cerrar una transacción importante se dedicaba
a perder el tiempo, pero lo estaba pasando bien.
No había presiones, ni clientes a los que convencer y sentía una curiosa satisfacción al ver a
Cryssie tan feliz. Viéndola mirar los escaparates

de las tiendas se preguntó dónde había estado toda su vida... ¡era como una niña en Navidad!

–Ven, vamos a tomar uno de esos autobuses para turistas. Así podremos ver mejor la ciudad –dijo de repente, tomando su mano.

No podía creer que estuviera haciendo aquello. ¡Tomar un autobús para turistas! Pero la emoción de Cryssie era contagiosa.

Cuando el trayecto terminó, entraron en un parque y se mezclaron con otras parejas y familias que habían ido allí para disfrutar del día.

–Me parece que está a punto de llover –dijo Jed, mirando el cielo. Y justo en ese momento empezaron a caer las primeras gotas–. Si antes lo digo... venga, rápido –se rió, quitándose la chaqueta para ponérsela a Cryssie sobre la cabeza–. Antes de que nos empapemos.

–No hace falta...

–No te preocupes. Mi camisa se secará enseguida. Venga, corre, vamos a buscar un taxi. No querrás llegar tarde a casa, ¿no?

–No, no quiero volver muy tarde. Aunque le dije a mi hermana que no sabía a qué hora iba a llegar

–Entonces volveremos a mi casa. Quizá Renaldo podría enviarnos algo de cena... a menos que prefieras cenar en otro sitio. Hay muchos restaurantes estupendos en Londres.

–No, no, me parece bien. En realidad, estoy agotada.

La lluvia los había pillado por sorpresa y, a pesar de la chaqueta de Jed, estaban mojándose.

–¿Dónde hay un taxi? En cuanto llueve es imposible encontrarlos –suspiró Jed, apartándose el flequillo empapado de la frente.

Cuando por fin llegaron a su apartamento, Cryssie se dejó caer sobre el sofá.

–Londres es genial... pero agotador.

–¿Quieres tumbarte un rato? Yo voy a hacer un par de llamadas y luego prepararé algo de beber antes de llamar a Renaldo's.

Cryssie pensó en su enorme cama y sucumbió.

–Bueno, pero sólo cinco minutos –murmuró, pensando que, seguramente, esas llamadas serían de carácter privado.

En el dormitorio, se quitó la chaqueta, la falda y los zapatos y se tumbó sobre el suave edredón. Era como estar en el cielo. Pero entonces se preguntó cuántas mujeres habrían dormido allí... con Jed. Él le había dicho que usaba aquel apartamento para hacer negocios, pero era, evidentemente, el sitio ideal para un hombre soltero.

Cryssie abrió los ojos y miró alrededor. La habitación tenía un toque más femenino que el resto de la casa, con cojines de colores y muebles de cerezo...

Sin pensar lo que estaba haciendo, se levantó de la cama y se acercó al vestidor. Con cuidado, abrió uno de los armarios... y sus sospechas se vieron confirmadas. Colgado allí había un precioso vestido de satén rosa y un par de *mules* de tacón con lentejuelas.

Y, naturalmente, no serían de Jed.

Encogiéndose de hombros, cerró la puerta y volvió a la cama. Jeremy Hunter tenía otras razones para mantener aquel apartamento. ¿Y qué? Era su problema, a ella le daba igual.

O debería darle igual.

Al otro lado de la pared, Jed, sentado en el sofá, tomaba un sorbo de whisky. Sólo el tiempo diría si su relación con Cryssie podría dejar de ser meramente profesional. Porque empezaba a darse cuenta de que eso era lo que deseaba. Más de lo que había deseado nada en mucho tiempo.

¿Podría hacer cambiar de opinión a una mujer que no quería saber nada de los hombres?, se preguntó.

No oía ruido en el dormitorio y, tras dejar el vaso sobre la mesa, se acercó y abrió la puerta sin hacer ruido. Cryssie estaba profundamente dormida. Viéndola tumbada allí, sólo con la blusa y las braguitas, el pelo extendido sobre la almohada, le recordó la noche que pasaron juntos en Laurels. Pero ahora debía admitir que sus sentimientos eran de otra naturaleza... Ahora la conocía un poco mejor e intuía que había aún más por descubrir. Sin embargo, era una sorpresa saber que era capaz de excitarlo de esa forma.

Sin pensar, Jed dio un paso adelante y... de repente, Cryssie abrió los ojos y se sentó en la cama, tapándose virginalmente con el edredón.

–¿Me he quedado dormida?

–Sí, un rato. La cena llegará en diez minutos. ¿Te apetece comer algo?

–Sí, claro. Voy enseguida.

Jed salió de la habitación y Cryssie entró en el cuarto de baño a toda prisa. Cuando abrió los ojos y lo vio allí, a su lado, pensó por un momento que quería seducirla. Había algo en su expresión, algo en aquellos ojos negros...

Pero lo que tenía que hacer era vestirse inmediatamente. Aquél era el sitio perfecto para una *liaison* romántica y no era eso lo que ella pretendía. Esperaba que Jed no hubiera pensado... pero no, ella no le había dado pie.

Cuando volvió al salón, sonaba el timbre que anunciaba la cena.

Jed había puesto la mesa para dos frente a uno de los sofás y Cryssie se quedó esperando mientras el camarero de Renaldo's entraba con una bandeja que olía de maravilla.

Cuando se quedaron solos, Jed tomó una botella de vino del bar y sirvió dos copas.

–Hoy lo he pasado muy bien, aunque la reunión se haya cancelado. Vamos a brindar por la próxima vez.

–Muy bien, por la próxima vez –sonrió ella–. ¿Qué has pedido?

–Un plato típico de Renaldo's. Es tan bueno que sólo lo pido cuando tengo una reunión con un cliente importante.

–Me encantaría saber de qué está hecha esta salsa. Es maravillosa –murmuró Cryssie después–. Por cierto, ¿de quién es el vestido que hay colgado en tu armario? ¿O lo guardas para la novia de turno?

Jed la miró como si no supiera de qué estaba hablando.

–No sabía que hubiera un vestido…

–Venga ya. Tienes que saberlo. Es un vestido rosa carísimo…

El rostro de Jed se había ensombrecido y Cryssie de repente tuvo miedo de haber hablado demasiado.

–Perdona, no quería…

–No sabía que seguía allí.

–Lo siento. No es asunto mío lo que tengas en tu armario… Lo he dicho en broma.

–Hace meses que no miro en ese armario –dijo él, encogiéndose de hombros–. Era el de mi mujer. El mío es el otro. No sabía que se hubiera dejado nada aquí.

¿Su mujer? ¿Jed Hunter había estado casado?

–Estuve casado durante un año –dijo él entonces, como si le hubiera leído el pensamiento–. El tiempo suficiente para conocer a mi ex mujer… y decidir que no teníamos nada en común. No he vuelto a verla desde que nos separamos. Mañana mismo le daré su ropa a… no sé, a alguna parroquia.

–La vida sería mucho más fácil si pudiéramos ver el futuro, ¿verdad? –suspiró Cryssie–. Entonces no cometeríamos tantos errores.

Jed la miró durante unos segundos sin decir nada y luego, de repente, la tomó por la cintura. Ella no protestó, no se resistió, aunque sabía instintivamente que iba a besarla. Y sí, sí, sí, deseaba que lo hiciera.

Fue un beso diferente al primero, en la oficina. Esta vez era tierno y fieramente apasionado al mismo tiempo. Era un momento de ensueño como ninguno que hubiera experimentado y se encontró a sí misma dejando que él tomase el control mientras el aliento masculino le quemaba las mejillas.

–Cryssie… te deseo. Te necesito…

Y, tomándola en brazos, Jed la llevó al dormitorio.

Pero, de repente, como si hubiera sonado una alarma, Cryssie lo detuvo.

–¡No! –exclamó, obligándolo a soltarla.

–¿Por qué no? Sería un final perfecto para…

–Yo no tengo por costumbre mantener aventuras con mis jefes –lo interrumpió ella–. Lo que pasó en la oficina…

–Fue culpa tuya. Yo estaba frustrado por tu estúpida obstinación…

–No te preocupes, no tenía la menor duda sobre tus motivos.

–Me enfadé tanto porque te negabas a entrar en razón…

–Pues ahora he entrado en razón –lo interrumpió–. Y tengo que irme a casa ahora mismo.

–Muy bien, como quieras.

Cryssie esperaba que estuviese en condiciones de conducir después de haber bebido, pero sabía que Jeremy Hunter no pondría en peligro sus vidas. No, claro que no. Porque eso podría estropear «sus planes».

Hicieron el viaje en completo silencio. Cryssie sabía que estaba frustrado por su negativa, pero se alegraba de haberlo detenido. Se había demostrado a sí misma que controlaba su vida… sus vidas, la suya, la de Polly y la de Milo.

Jed iba con los labios apretados. Nunca una mujer lo había rechazado y, sin embargo, no lo molestaba tanto como debería. Porque sabía que, al final, se saldría con la suya. Cryssie había demostrado que sabía lo que quería… o lo que no quería. Y, sin embargo, durante unos minutos había estado claro que lo deseaba tanto como él a ella.

Cuando llegaron a su casa, Cryssie salió del coche casi antes de que hubiese parado.

–Buenas noches, Jed. Y gracias por… traerme –dijo enigmáticamente antes de cerrar de un portazo.

Capítulo 8

JED NO dejaba de preguntarse qué excusa podía encontrar para estar a solas con Cryssie sin despertar sospechas. Ella no quería que nadie en Hydebound supiera nada sobre su nuevo puesto de trabajo como ayudante personal, de modo que cuando hablaba con ella lo hacía de manera fría y circunspecta.

Desde el día que pasaron en Londres unas semanas antes no había sido capaz de quitársela de la cabeza y estaba empezando a obsesionarse... o, más bien, a estar obsesionado con poner en marcha su plan lo antes posible.

Jed no quería perder el tiempo.

Porque, a pesar de la insistencia de Cryssie en su falta de interés por los hombres, simplemente no la creía. Aquel beso en el apartamento lo había convencido de que estaba sexualmente viva... o deseaba estarlo con él. Y era vulnerable. Cryssie Rowe no era un bloque de hielo. Él sabía lo suficiente sobre el sexo opuesto como para estar seguro de eso.

El otro factor que hacía imposible que se vieran era que Cryssie pasaba todos los fines de semana con su familia. Pero debía hacer algo o estaría como al principio.

Entonces, un sábado por la mañana, ocurrió algo inusual que lo obligó a visitar una de sus propiedades... y aunque sabía que a Cryssie no le haría mucha gracia acompañarlo, estaba seguro de que no se atrevería a decirle que no.

En la cocina, Cryssie estaba haciéndose el primer té de la mañana cuando sonó el teléfono. Al oír la voz de Jed, le dio un vuelco el corazón. Se estaba viendo obligada a vivir dos vidas y eso no era fácil. No dejaba de pensar en aquel beso... y no dejaba de pensar que Jed Hunter era su jefe. Cuando estaban a solas se comportaba como si estuviera loco por ella y, sin embargo, en la oficina se mostraba frío. Sobre todo si había gente delante. Pero ella no quería perder su trabajo, de modo que estaba entre la espada y la pared.

—¿Cryssie? Siento llamar tan temprano, pero te necesito para hoy. Tengo que ir a Gales a visitar uno de nuestros hoteles. Parece que hay un problema.

—¿A Gales? Pero yo tengo muchísimas cosas que hacer en casa...

—Lo siento, pero tengo que resolver este problema y no podemos ir un día de diario porque tus compañeros se sorprenderían si te llevara conmigo, ¿no te parece?

–Sí, claro –murmuró ella, pensativa–. ¿A qué hora tenemos que irnos?

–A las diez. Así tendrás una hora para… hacer lo que tengas que hacer.

Suspirando, Cryssie subió a la habitación de su hermana.

–Polly, tengo que marcharme. Es un asunto de trabajo. ¿Puedes hacerte cargo de Milo por hoy?

–Sí, claro –contestó su hermana, abriendo un ojo–. Últimamente siempre tienes «asuntos de trabajo»… ¿vas a ir con el señor Hunter?

–Pues sí, claro. Va a venir a buscarme dentro de una hora.

Polly se sentó en la cama. Después de la inesperada visita de Jed Hunter, su hermana se había mostrado inusualmente interesada en su vida profesional y, especialmente, en su nuevo y atractivo jefe.

–Bueno, pues entonces tú lo pasaras mejor que yo.

Milo entró entonces en la habitación, con su *Baby Traviesa* en las manos, y Cryssie se agachó para abrazarlo y explicarle que tenía que irse.

–Pero yo no quiero que te vayas –protestó el niño–. Por favor, Cryssie, no te vayas…

–Tengo que hacerlo, cielo. Tengo que trabajar. Pero mañana podemos ir a tomar una pizza, ¿qué te parece?

A las diez en punto, Jed apareció en la puerta. Cryssie se había puesto la única falda decente que tenía, de lana gris, y un jersey de cachemir beige que le había regalado Polly por Navidad. Comprado en Latimer, donde su hermana solía ir de escaparates cuando estaba de buen humor. Pero el mismo chaquetón sin forma tenía que completar el atuendo, el único chaquetón de invierno que tenía.

Cryssie subió al Porsche y tuvo que sonreír.

–¿De qué te ríes?

–Estaba comparando tu coche y el mío. El tuyo arranca como la seda, el mío... prácticamente hay que empujarlo.

–¿Quién te enseñó a conducir? –preguntó Jed.

–Mi tía abuela Josie. Para algunas cosas era muy anticuada, pero para otras era la más moderna del mundo... mi hermana y yo vivimos con ella desde que murieron nuestros padres. Entonces éramos muy pequeñas.

–Supongo que debió de ser terrible para vosotras.

Cryssie se encogió de hombros.

–Sí, bueno, ya sabes que los niños son muy duros. Y Josie siempre fue muy cariñosa con nosotras.

–¿Tu hermana se queda hoy con el niño?

–Sí, creo que va a llevarlo al cine –suspiró Cryssie–. Bueno, ¿qué vamos a hacer exactamente?

–Quiero que veas uno de nuestros hoteles en

Gales. Estoy tan liado en Hydebound que no he tenido tiempo de pasarme por allí últimamente y hay que solucionar un par de cosas.

–¿Qué cosas? Yo no sé nada de hoteles.

–Creo que hay un problema con el personal. Y ya es suficientemente difícil intentar sacarle beneficios a un hotel como para, además, tener problemas de personal.

–El «personal» son seres humanos, Jed. Personas con sentimientos –le recordó Cryssie–. Si hay algún problema será por algo.

–Sí, ya lo sé. Y eso es lo que debo averiguar. Pero no creas que es fácil. La gente no suele decir lo que piensa de verdad… a mí, por lo menos. Por eso me alegro de que vengas conmigo. Y, por cierto, la semana que viene te daré tu primer cheque… evidentemente no puedo dártelo en la oficina.

–No, claro –murmuró ella, sintiéndose culpable.

–Además, hoy pasaremos por Bath para comprarte un chaquetón decente. Ése que llevas es…

–Ya sé que no es una buena prenda –lo interrumpió ella–. Pero he visto el precio de los abrigos y no puedo permitírmelo. Además, yo no tengo el menor interés en llevar algo que esté de moda.

–De todas formas tenemos que pasar por Bath –insistió Jed.

De modo que no quería ser visto con ella tal y como iba vestida aquel día... Cryssie apretó los labios, indignada. Pero no sabía cómo negarse sin ofenderlo.

En cuanto entraron en la tienda, todas las dependientas se acercaron a Jed.

–¿Está la señora Fletcher? Soy Jeremy Hunter.

–Ah, sí, señor Hunter –sonrió una de las más jóvenes–. Está en el almacén.

–¿Podría pedirle que viniese un momento?

Casi enseguida apareció la señora Fletcher.

–¡Jeremy! ¿Por qué no has llamado para decir que venías? ¡Habría sacado la alfombra roja!

Él se inclinó para darle un beso en la mejilla.

–Hola, Lucinda. Me alegro de volver a verte. Te presento a Cryssie Rowe, mi ayudante personal.

–Encantada –dijo la mujer.

–Lo mismo digo.

–La señorita Rowe necesita un chaquetón... Venga, impresióneme, sólo tenemos media hora.

Cryssie estaba atónita. No sólo le decía que necesitaba un abrigo nuevo… además, no parecía creerla capaz de elegirlo por sí misma.

Irritada, siguió a la mujer hacia el probador y, por fin, eligieron un abrigo de lana de diseño italiano. Era de color berenjena, con un cuello que podía levantarse sobre el cuello y la cara. Era perfecto. Pero, de repente, Jed decidió que un par de botas negras de tacón eran absolutamente necesarias. Y ella no supo cómo negarse.

Mirándose al espejo, Cryssie tuvo que admitir que nunca había estado tan guapa en toda su vida.

Pero cuando Jed sacó su cartera se sintió avergonzada. No quería que él le comprase nada. No tenía derecho a hacerle regalos. Pero Jeremy Hunter, el hombre que siempre se salía con la suya, se negaba a escucharla y Cryssie no quería hacer una escena delante de Lucinda.

–¿Por qué no lo estrenas hoy mismo? –sugirió Jed–. En Gales hace frío y así estarás más calentita.

Con el chaquetón y los zapatos planos guardados en una bolsa, salieron de la tienda. Cryssie no sabía qué decir. Jed estaba intentando controlar su vida y ella, que siempre había tenido que defenderse por sí misma, no sabía cómo salir de la trampa.

–¿Sabes dónde hay una juguetería? Me gustaría comprarle algo a Milo.

–Buena idea –asintió él–. Creo que hay una en la esquina.

Estuvieron en la tienda más tiempo del que Cryssie había esperado. Pero no porque ella hubiera tardado en elegir un juguete, sino porque Jed no dejaba de encontrar cosas que lo divertían. Cryssie ya había pagado el libro de cuentos y el puzle cuando él apareció en el mostrador con una especie de ordenador diminuto.

—Yo creo que a Milo le gustará. Tiene un montón de juegos.

—Sí, pero no hace falta. Ya te has gastado mucho dinero…

—No te preocupes por eso. Me gusta hacer regalos. Además, últimamente no hago más que privar al pobre niño de su tía…

Cryssie dejó escapar un suspiro.

—Si algún día tienes una familia, te arruinarás.

—Sí, es una posibilidad —asintió él, mirándola de arriba abajo. El abrigo se ajustaba provocativamente en las caderas y luego caía en capa por debajo de las rodillas. Y el color… el color era perfecto.

—¿Qué pasa?

—Nada. ¿Por qué?

—Me estabas mirando de una forma…

—Es que ese abrigo te queda muy bien.

—Es muy bonito. Y tiene unos bolsillos grandes… la verdad, es la prenda más bonita que he tenido nunca.

Los ojos de Jed brillaban como los de un niño. Le habría gustado decir que era dinero bien gastado, pero no se atrevió. Seguramente Cryssie había tenido que hacer un esfuerzo sobrehumano para aceptar el regalo.

Cuando llegaron al hotel, Cryssie se quitó el cinturón de seguridad y se volvió para sacar el chaquetón de la bolsa.

–¿Qué haces?

–Yo nunca me pongo algo nuevo nada más comprarlo –contestó ella–. Me gusta colgarlo en mi armario… para acostumbrarme a la idea. Es una de mis manías.

Jed se encogió de hombros.

–Como tú quieras.

Un hombre de mediana edad, con el pelo lleno de brillantina, los recibió en la puerta. A Cryssie le cayó mal desde el principio, aunque no sabía por qué.

–Kevin, te presento a la señorita Rowe, mi ayudante. Kevin es el gerente y lleva este sitio como si fuera un cuartel.

–Señor Hunter, debería habernos advertido que iba a venir –protestó el hombre. Y Cryssie se percató de que Jed no había llamado a propósito.

–Pensé que no podría venir hasta mañana… y me gustaría revisar algunas cosas contigo. Pero antes querríamos comer algo.

–Sí, claro… el comedor no está lleno. Y Max está hoy en la cocina.

–Ah, Max… –Jed se volvió hacia Cryssie–. Max es el jefe de cocina cuando libra el chef, pero ha resultado ser un genio. Estoy muy impresionado con él.

–Espero que sirva langosta y perdices con guarnición –bromeó ella.

Mientras comían, Jed deseó estar allí de vacaciones… quizá ir a dar un paseo después de comer, irse a la cama temprano…

Eso, por el momento, no iba a ser posible. Pero seguía encontrando el total desinterés de Cryssie absolutamente desconcertante. Aquella chica era, desde luego, el proverbial soplo de aire fresco.

Mientras él iba al despacho con el gerente, Cryssie decidió darse una vuelta por el edificio. Era un hotel rural, pero con todas las comodidades de un hotel de cinco estrellas. Rodeado de campo, además, y sin el molesto tráfico de la ciudad.

Cuando volvió a la recepción, vio a Jed saliendo del despacho del gerente.

–¿Lo has solucionado todo?

–Según Kevin todo va como la seda.

–¿Quién te dijo que pasaba algo? –preguntó Cryssie, mientras subían al Porsche.

–Recibí un anónimo en el correo.

–¿Un anónimo?

–Por eso quería venir sin avisar a Kevin. Pero aunque le he hecho muchas preguntas, supuestamente sin despertar sospechas, él me ha asegurado que todo va perfectamente. Quizá el anónimo era de algún malicioso… o de alguien que ha sido despedido. Además, yo me fío de él. No es fácil encontrar gerentes como Kevin.

–Nadie es indispensable. Si tuvieras que contratar a otro, seguro que lo encontrarías.

–¿Por qué dices eso?

–Pues… he estado dando una vuelta por el hotel y, sin querer, he escuchado cierta conversación.

–¿Qué conversación?

–Había dos chicas, dos camareras, hablando en el pasillo…

–¿Y?

–Me parece que tienes un problema de verdad, Jed. Por lo visto, tu maravilloso Kevin tiene una aventura con la mujer de Max. Ella también trabaja en el hotel, ¿no? Como camarera.

–Sí, creo que sí.

–Pues el pobre Max no tiene ni idea… pero los demás empleados se han enterado de todo. Por lo visto, la mujer de Max se porta como si fuera una princesa. Kevin le da más días libres que a las demás y la trata como si fuera la jefa. Naturalmente, el resto de las empleadas están celosas.

Lo que Cryssie no le contó fue que las empleadas lo culpaban a él, Jeremy Hunter, por no prestarle atención personal al negocio.

–No me lo puedo creer… ¡pero si Kevin está casado y tiene cuatro hijos! –exclamó Jed–. Pensé que podía confiar en él, pero veo que estaba equivocado.

Luego condujo en silencio durante largo rato, perdido en sus pensamientos.

–Menudo lío –murmuró después–. No quiero perder a Kevin, pero tampoco quiero que se vaya Max. Es un cocinero excelente y los clientes dicen maravillas de él cuando se van del hotel. Todo iba tan bien… o eso creía yo. ¿Quién dijo que el infierno eran los otros?

–No sé quién lo dijo, pero tenía razón –sonrió Cryssie.

«Sí, Jeremy Hunter, el infierno son los otros».

Y si les preguntase a los empleados del hotel, todos lo señalarían a él.

Después de dejar a Cryssie en casa, Jed se dirigió a Shepherd's Keep, la mansión de sus padres. No sabía cómo iba a solucionar el problema… menudo idiota era Kevin. ¿Y cómo reaccionaría Max cuando supiera que su mujer lo engañaba con el gerente?

Mientras aparcaba el Porsche frente a la casa, dejó escapar un suspiro. Estaba enfadado y no le apetecía nada pasar el día con sus padres… quienes, naturalmente, querrían saber qué había estado haciendo todo el día. Le habría gustado más charlar con Cryssie, los dos solos.

La recordó cuando salía del probador, con aquel abrigo nuevo y las botas de tacón… estaba preciosa.

Jed sonrió para sí mismo. Al principio no entendió por qué se había quitado el abrigo antes de entrar en el hotel, pero debería haberlo adivinado enseguida. Él había hecho imposible que rechazara el regalo, pero cuándo y cómo lo llevase lo decidiría Cryssie y no él.

Capítulo 9

A LA MAÑANA siguiente, Polly decidió que, como el día anterior había tenido que cuidar de su hijo, el domingo era el turno de su hermana.

–Estoy cansada –le dijo, en camisón, mientras Cryssie limpiaba el horno–. Así que voy a darme un baño caliente y luego voy a hacerme una limpieza de cutis y un masaje facial. ¿Te importa quedarte con Milo?

–No, claro que no.

–Es que me apetece pasar el día sin hacer absolutamente nada.

«Sin hacer absolutamente nada» significaba sin jugar con Milo, algo que agotaba a Polly. Pero estar a solas con su sobrino era algo que encantaba a Cryssie.

Estaba poniéndole el abrigo al niño cuando sonó el teléfono. Al oír la voz de Jed, Cryssie dejó escapar un suspiro. Las intrusiones de aquel hombre en su vida empezaban a convertirse en una costumbre.

–Estaba pensando… como hoy hace sol y ayer

te tuve todo el día trabajando... podrías venir con tu familia a casa de mis padres. Mi madre tiene unas flores preciosas y Milo podría traer su balón de fútbol... aquí hay kilómetros de hierba en los que jugar.

La emoción que embargó a Cryssie la tomó por sorpresa. Le encantaría ir a Shepherd's Keep, la mansión de los Hunter, y comprobar cómo vivían los ricos. Pero, sobre todo, le gustaría ver a su sobrino jugando en la hierba. En un sitio seguro, sin coches.

–Pues... tendré que preguntarle a él. Espera un momento. Milo, ¿te apetece ir al campo? Podríamos jugar al fútbol.

–¿Vamos al parque? –preguntó su sobrino, entusiasmado.

–Algo así –sonrió Cryssie–. ¿Jed? Sí, parece que a Milo le apetece ir. Pero Polly no puede, está cansada.

–Muy bien. Iré a buscaros a las once.

Después de colgar, Cryssie le contó a Polly sus planes. Y no le sorprendió la mueca de su hermana.

–A mí también me gustaría ir... si no estuviera tan cansada. Pero cuando vuelvas tienes que contármelo todo.

Cryssie se alegró de que su hermana no los acompañara. Quizá era terrible pensar eso, pero la experiencia le decía que era lo mejor. No quería que coquetease con Jed y sabía que ésa era una posibilidad. Y la vida era suficientemente complicada como para complicarla aún más. Era mejor que sólo fueran Milo y ella. Además, la idea de estar los tres juntos la llenaba de una alegría inexplicable.

Jed, como siempre, apareció a la hora que había dicho y Cryssie se ocupó de cerrar la puerta mientras él metía al niño en el Porsche y le ponía el cinturón de seguridad.

–Esto es un poco bajo para ti. La próxima vez traeré un asiento especial, para que puedas ver la carretera.

Ella respiró profundamente mirando a su sobrino, que la miraba con carita de felicidad. Milo nunca había viajado en un coche como aquél y, como cualquier niño, estaba encantado. Y el comentario de Jed, como si tuviera intención de volver a invitarlos…

Intentando no hacerse ilusiones tontas, Cryssie decidió disfrutar de la excursión. Aunque sólo fuera por su sobrino. El niño vivía una existencia feliz, pero faltaba una presencia masculina en su vida y eso la preocupaba. Especialmente desde que volvió de una fiesta de cumpleaños preguntando por qué su papá no vivía con ellos.

Cuando llegaron a Shepherd's Keep, Cryssie tuvo que hacer un esfuerzo para no quedarse con cara de tonta. La preciosa mansión victoriana sería suficiente para asombrar a cualquiera, pero el camino lleno de narcisos y rosas... era un paisaje de cuento de hadas.

–Esto es precioso, Jed.

–Imaginé que te gustaría. Después iremos a dar un paseo cerca del río... pero antes vamos a tomar un café. Quiero presentarte a mis padres.

Cryssie se mordió los labios. No había esperado conocer a los Hunter y se alegraba de que ninguno de sus compañeros de Hydebound pudiese verla. Seguía sintiéndose desleal a sus compañeros por aceptar el puesto de ayudante personal... Pasado un tiempo sería diferente, pero, por el momento, la situación era demasiado incómoda.

Entraron en la casa a través de la cocina, donde Megan, el ama de llaves, estaba preparando el almuerzo.

–Llevaré el café al jardín en unos minutos –les dijo, después de que Jed hiciera las presentaciones.

Henry y Alice Hunter saludaron a Cryssie con sorprendente simpatía. Y a Milo, que estaba guapísimo con su abriguito y sus rizos dorados, aún más.

–Jeremy nos ha hablado de ti... ¡y tú debes de ser Milo! Qué niño tan guapo –exclamó Alice Hunter, una elegante mujer de pelo gris y ojos azules.

Henry, alto y distinguido, estrechó su mano.

–Así que tú eres la nueva ayudante de Jeremy… encantado de conocerte.

Cryssie comprendió entonces de quién había heredado Jed los ojos negros. Eran idénticos a los de su padre.

Mientras Megan servía el café, y un vaso de zumo para Milo, Cryssie miraba alrededor. ¿Qué podía haber pensado Jed de su casa?, se preguntó, sintiéndose un poco avergonzada. Aquél no era su sitio, aquélla no era su gente. Ser empleada de Jeremy Hunter era una cosa, pero estar allí tomando café… se sentía como un pez fuera del agua.

Pero Milo no tenía esos problemas y, animado por Alice y Henry, les hablaba del colegio, de sus juguetes y de las cosas que le gustaba hacer.

–Jed va a jugar al fútbol conmigo. ¿A que sí, Jed?

–Pues claro –contestó él–. Y después pienso enseñarte mi tren eléctrico.

–¡Un tren eléctrico! –exclamó el niño.

–No hemos tenido corazón para desmantelar el tren que le regalamos cuando era pequeño –sonrió Alice–. Está permanentemente montado en una de las habitaciones. Aunque ahora los únicos que juegan con él son los nietos de Megan. Claro que, cuando nadie le ve, estoy segura de que Jeremy también juega con él.

Cryssie no podía imaginarse a Jeremy Hunter

tirado en el suelo, jugando con un tren eléctrico...

Afortunadamente, el tema de Hydebound no salió en la conversación. Cryssie se habría sentido muy incómoda.

Después de tomar café salieron al jardín, donde Jed y Milo jugaron con entusiasmo al fútbol mientras ella se dedicaba a admirar las flores que Alice Hunter cuidaba con esmero... y con la ayuda de un jardinero, claro.

Paseando por aquel precioso lugar y oyendo los gritos de alegría de su sobrino, Cryssie se sintió repentinamente abrumada de tristeza. Por Milo y por ella misma. Aquella mansión era todo lo que un niño pudiera desear en la vida, pero ella nunca podría darle eso a su sobrino. Además, necesitaba una influencia masculina, no sólo para jugar al fútbol sino para las cosas más importantes de la vida. Los años pasaban y, antes de que se diera cuenta, Milo se haría mayor... ¿Podría ella solucionar los problemas de un adolescente?

Cryssie giró la cabeza y vio a Jed lanzándose de cabeza para parar un gol. Claro que no era la primera vez que lo veía en una posición poco habitual en un hombre de negocios. La imagen de Jed Hunter en calzoncillos, tumbado en la cama del hotel, no se le había ido de la cabeza todavía.

–Tienes que llevarte algunas rosas –le dijo Jed–.

Y ya estoy harto de jugar con Milo. ¡Me ha metido cinco goles!

El niño corrió hacia ella, sin aliento.

–¿Podemos venir otro día, Cryssie?

–Sí, claro que puedes –contestó Jed por ella–. De hecho, insisto en que vengáis.

Luego miró a Cryssie y, como siempre, mantuvo cautiva su mirada durante unos segundos. Parecía más joven en ese momento, con el pelo sobre la cara y la frente empapada de sudor. Entonces, sin decir nada, colocó a Milo sobre sus hombros para volver a la casa, como si fuera un viejo amigo de la familia. Como si fuera… Cryssie no quería pensarlo.

Megan anunció poco después que el almuerzo se serviría en la cocina.

–Normalmente comemos en la cocina. Para Megan es más fácil que llevarlo todo al comedor –le explicó Alice.

Se sentaron los cinco alrededor de una enorme mesa ovalada y disfrutaron de un delicioso cordero con verduritas. Milo no dejó nada en el plato, para alivio de Cryssie. Normalmente se lo comía todo, pero con un niño nunca se podía estar seguro. Y cuando Megan apareció con helado de postre, los ojos de su sobrino se iluminaron.

–No sabía si le gustaría mi tarta de manzana, pero con el helado una nunca se equivoca –se rió el ama de llaves.

–Los nietos de Megan comen a veces con nosotros –le explicó Henry.

Eso la sorprendió. Para ser una familia acaudalada se portaban de una forma muy cariñosa con el servicio, casi como si fueran de la familia. Quizá porque había sido la perseverancia y el trabajo lo que los había hecho ricos.

–Cryssie, mientras mi madre se echa un sueñecito, como es su costumbre, vamos a dar un paseo –dijo Jed después–. Mi padre le enseñará el tren eléctrico a Milo.

El jardín era más grande de lo que le había parecido en un principio y pronto la casa se perdió en la distancia.

–Dios mío, esto es enorme.

–Yo solía organizar meriendas aquí con mis amigos… después de bañarnos desnudos en el río. Pero esos días han pasado –suspiró Jed con tristeza–. Ya nadie se baña aquí, ni desnudo ni con bañador.

–Es un sitio precioso. Has tenido mucha suerte de criarte aquí.

–Sí, ya lo sé. Aunque cuando era pequeño no me daba cuenta, claro.

Estaban tan cerca que Cryssie podía sentir el roce de su pierna, el calor de su piel mezclándose con el suyo propio. Nerviosa, se pasó la lengua por los labios. Su pulso se había acelerado y deseaba romper el hechizo que parecía envolverla cuando estaba a solas con él… pero no sabía cómo.

–¿Has decidido qué vas a hacer con Kevin y su amante?

–No, la verdad es que esperaba que tú me aconsejaras.

–¿Yo?

–Fuiste tú quien se enteró de la historia. A lo mejor se te ocurre alguna solución.

–No lo sé… quizá podrías llamar a Kevin y a la mujer de Max aparte y decirles que su aventura tiene que terminar de inmediato. Podrías amenazar con despedirlos –sugirió Cryssie–. Como Kevin tiene cuatro hijos, me imagino que no querrá arriesgarse a perder su empleo. Claro que esa estrategia podría no funcionar si están enamorados de verdad… aunque lo dudo. Pero no me culpes a mí si los dos presentan su dimisión y te quedas sin gerente y sin camarera –se rió luego–. Ése es un riesgo que tendrás que correr.

–Menudo riesgo –suspiró Jed–. Yo estoy contento con Kevin. Lleva el hotel fenomenal y no me da ningún quebradero de cabeza… hasta ahora.

–Yo no sé nada de hoteles, pero tengo la impresión de que es importante que el personal esté contento. Si hay rumores, cotilleos, trato preferencial… los empleados no harán bien su trabajo y eso es algo que notarán los clientes.

–¿Y si me demandan por despido improcedente?

–No creo que lo hicieran porque entonces su aventura se haría pública. Y si lo hacen, supongo que podríais llegar a un acuerdo económico. Claro que eso es sólo una opinión…

–Para eso es precisamente por lo que te pago. Eso es lo que necesito.

Cryssie lo miró a los ojos. Le gustaría poder leer sus pensamientos, interpretar lo que había detrás de aquellos ojos tan negros. ¿Qué podía buscar en ella que no pudiese encontrar en otra mujer? Porque no había nada especial en ella y Cryssie lo sabía. Lo había sabido toda su vida. En cuanto a su intento de seducción el otro día, en su apartamento… eso no contaba para nada. Ese tipo de incidente apasionado parecía ser normal para Jed Hunter. Algo que ocurría de forma repentina y que, de la misma forma, era olvidado.

–¡Cryssie! ¡Cryssie! –de repente, la voz de Milo rompió el silencio.

–En fin, gracias por el consejo –dijo Jed, después de aclararse la garganta–. Ya te contaré lo que voy a hacer cuando lo decida. Aunque supongo que tendremos que volver al hotel tarde o temprano…

–¡Henry me ha dejado jugar con el tren eléctrico!

–Me alegro mucho, cariño.

Alice y Henry llegaron detrás del niño y los cinco pasearon un rato por el jardín.

–Tiene una casa preciosa, señora Hunter.

–Llámame Alice, por favor. Y sí, es una casa muy bonita, pero es demasiado grande sólo para Henry y para mí. Cuando Jeremy era pequeño, todo era diferente. La casa siempre estaba llena de niños… es una casa para una familia, no una residencia para mayores.

–Mamá, vosotros no sois mayores –sonrió Jed.

–¿Cómo que no? En fin, Jeremy nos ha hablado muy bien de ti –siguió Alice–. Dice que nunca había contratado a una mujer tan inteligente.

–Sí, bueno… quizá no había buscado donde debía hacerlo.

Alice Hunter soltó una carcajada.

–Seguro que no.

Cryssie miró a Jed, que le devolvió una mirada de perplejidad antes de alejarse con Milo y su padre hacia la orilla del río.

–Supongo que estarán ustedes orgullosos de su hijo –dijo luego, para intentar arreglarlo.

–Por supuesto que sí –sonrió Alice–. Aunque le costó mucho tiempo crecer. Y eso fue culpa nuestra, claro. Es hijo único y… en fin, te puedes imaginar. No es bueno ser hijo único. Para aprender de la vida hay que tener hermanos y eso es lo que nosotros no pudimos darle. Estábamos siempre tan ocupados con los negocios… y cuando quisimos darnos cuenta ya era demasiado tarde. La verdad es que malcriamos a Jeremy, pero cuando a mi marido le diagnosticaron un problema de corazón cambió por completo. Fue algo increíble. Ahora se encarga prácticamente de todo lo relativo a los negocios familiares y es un alivio tremendo para nosotros. Sé que llevaba algún tiempo buscando una ayudante personal en la que pudiera confiar y me alegro muchísimo de que te haya encontrado.

—Muchas gracias. Espero estar a la altura —sonrió Cryssie.

Las dos mujeres siguieron charlando durante un rato mientras Henry, Jed y Milo se dedicaban a tirar piedrecitas desde la orilla del río para ver quién llegaba más lejos.

—Bueno, me parece que es hora de irnos. Milo no querrá irse, pero Polly, mi hermana, está esperándonos para cenar.

—¿Tenéis que iros tan pronto? Es tan agradable volver a oír la voz de un niño por aquí…

Poco después se despidieron, prometiendo volver en otra ocasión.

—Lo hemos pasado muy bien, Jed. Muchas gracias.

Él no contestó inmediatamente.

—Tenemos que hablar un día… los dos solos —dijo por fin—. Quizá podríamos ir a mi apartamento de Londres. Allí podríamos hablar sin ser interrumpidos.

—Pero…

–Busca una excusa en Hydebound para tener libre el jueves por la tarde.

Cryssie subió al coche y cerró la puerta, confusa.

–Haré lo que pueda –murmuró, nerviosa.

Porque sabía perfectamente lo que Jed Hunter quería decir con eso. Y sabía perfectamente también que no podría decirle que no.

Capítulo 10

AUNQUE no podía negar que había disfrutado de cada minuto en casa de los Hunter, por quien Cryssie se sentía verdaderamente feliz era por Milo.

Por eso y porque Jed Hunter, quisiera reconocerlo o no, cada día le gustaba más.

Cuando llegaron a casa le sorprendió que Polly hubiera salido. Había una nota en la cocina en la que decía que había ido a dar una vuelta. Algo raro, porque su hermana no tenía costumbre de salir sola. Cryssie estaba metiendo a Milo en la cama cuando volvió.

—¿Dónde has estado? Empezaba a preocuparme.

—He ido a dar una vuelta por ahí —contestó Polly, sin mirarla—. ¿Lo habéis pasado bien?

Después de que Milo se lo contara todo, entusiasmado, bajaron al salón.

Y cuando llegaron allí, su hermana se puso a llorar desconsoladamente.

—¿Qué ha pasado? ¿Por qué lloras?

Polly se lo contó entre sollozos y Cryssie, atónita, no supo qué decir. Y tampoco sabía cuál sería la reacción de la persona a la que concernía aquello.

Dejó que su hermana se desahogara durante casi una hora y, después de prometerle que todo se arreglaría, fue a la cocina para hacer un poco de té. No podía creer que un día estupendo acabase de aquella forma tan desastrosa. Cryssie se tapó la cara con las manos.

De nuevo, todo caía sobre sus espaldas.

Cryssie consiguió librar el jueves por la tarde. Afortunadamente, Rose había creído su excusa sobre una reunión con el director del banco, de modo que Jed fue a buscarla a casa a las tres. Pero estaba deprimida y angustiada.

El problema que le había presentado Polly era una carga insoportable para ella y sabía que lo cambiaría todo. Evidentemente, significaría el final de su relación con los Hunter.

No había podido pegar ojo desde que su hermana se lo contó y estaba dispuesta a confesarlo todo aquel mismo día. Fueran cuales fueran las razones de Jed Hunter para que hablasen a solas, nada era más importante que lo que ella tenía que decirle.

Llegaron al apartamento alrededor de las cuatro.

–¿Te importa hacer un té? –le preguntó Jed, mientras revisaba el correo.

Sin decir nada, Cryssie fue a la cocina y puso el agua a calentar. Pero cuando volvió al salón con las dos tazas, se sorprendió al ver su expresión sombría.

–¿Qué ocurre?

–Quiero hablar contigo sobre algo muy serio –empezó a decir Jed–. Yo necesito algo más... digamos un acuerdo más establecido entre tú y yo del que tenemos ahora.

–No te entiendo.

–Quiero que... tengamos una relación más personal. Estoy hablando de matrimonio, Cryssie. ¡Y no me mires con esa cara de terror! ¿No se te había ocurrido pensarlo siquiera? La mayoría de las mujeres lo habrían pensado.

Ella puso su taza de té en la mesa y se dejó caer sobre el sofá.

–Me parece que no te he oído bien.

–Lo he pensado durante unos días y creo que sería la solución perfecta para los dos. Conveniente en todos los sentidos. ¿No lo entiendes? Quiero estar contigo todo el tiempo, no sólo de nueve a cinco. Necesito tu sentido común, tu lealtad, tu inteligencia, tu dedicación. Si viviéramos juntos, las cosas irían mejor, todo sería más eficiente. Yo tendría todo lo que necesito y tú... en fin, tú tendrías todo lo que quisieras durante el resto de tu vida.

Cryssie recuperó de repente la voz, pero le costó trabajo.

–Pero eres mi jefe, Jed. Los negocios y las relaciones personales nunca deben mezclarse.

–Precisamente. Yo nunca he tenido una relación con alguien que trabajase para mí...

–¿Pero no acabas de decir...?

–¿No lo entiendes, Cryssie? Si nos casamos ya no serás una empleada, serás mi mujer. Serás una de los Hunter.

Ella tragó saliva.

–Lo siento, pero para mí lo único aceptable es que la nuestra sea una relación profesional. ¿Cuántas veces tengo que decírtelo? Polly y Milo son lo primero para mí y no puedo pensar en otra persona...

–¿No? –murmuró Jed, tirando de su mano para levantarla del sofá–. Pues yo creo que estoy empezando a descubrir cosas de ti que ni tú misma conoces.

–No, Jed. No lo entiendes...

–Lo entiendo perfectamente. Prefieres ser una mártir, ¿es eso, Cryssie? Hay cierta seguridad en lo que tienes. Sin problemas emocionales, ni compromisos, ningún hombre con el que compartir tu existencia... Sí, tu hermana y tu sobrino te necesitan, ya lo sé, pero tú también los necesitas a ellos. Y, sin embargo, lo que yo te ofrezco es lo mejor para todos.

–No...

–Te harías un enorme favor y a ellos también. En Shepherd's Keep hay sitio para todos. Polly y

Milo tendrían una parte de la casa, el jardín…
sería su hogar. ¿Es que no ves las ventajas? Sé
práctica, Cryssie. Sería lo más sensato para todos nosotros.

Ella dejó escapar un suspiro cuando Jed la soltó.

—Lo que acabas de decir… que soy una mártir
de la causa de mi familia, es en parte verdad.
Pero hay otra razón para no querer que nada
cambie. Una vez trabajé para un hombre que era
muy parecido a ti… de hecho, en algunos aspec-
tos podríais ser hermanos. ¿Y sabes una cosa?
Yo creí en ese hombre… creí todas las promesas
que me hizo. Pero cuando me di cuenta de que
estaba destrozando mi vida lo dejé —Cryssie
tragó saliva—. Estuve ciega durante un tiempo,
pero después entendí que, para mí, la felicidad
estaba en mi familia. Y, por el momento, no ha
ocurrido nada que me haya hecho cambiar de
opinión.

Jed hizo una mueca.

—Los años pasan deprisa y llegará un momento en el que Milo ya no te necesite. Tú lo habrás dado todo por él, pero el chico se marchará
de casa para vivir su propia vida. ¿Y entonces
qué? ¿Buscarás a alguien más a quien cuidar?

—Mi hermana me necesitará siempre.

—No cuentes con ello. Tu hermana es una mujer muy guapa. Algún día aparecerá un hombre
que la entienda y se irá con él —Jed se pasó una
mano por el pelo—. Piensa en lo que te he dicho,

Cryssie. Ésta es una oferta que podría no volver a repetirse.

Cryssie tenía ganas de echarse a llorar. ¿Cómo podía pensar que ella iba a aceptar una proposición así? ¿Que aceptaría un matrimonio de conveniencia? ¡Ni siquiera había mencionado la palabra amor!

–Hay algo más de lo que tenemos que hablar –dijo entonces–. Algo muy serio. ¿Has ido a Latimer esta semana?

–No, tenía otras cosas que hacer. ¿Por qué?

–¿No has oído nada sobre… un robo?

–No. ¿A qué te refieres?

–Me temo que ha ocurrido algo… y tiene que ver con Polly –Cryssie apartó la mirada un momento, avergonzada–. Mi hermana robó un pañuelo en Latimer… un pañuelo muy caro. Estaba mirándolo y, sin pensar en lo que hacía, lo guardó en su bolso. Por supuesto, el guardia de seguridad la detuvo en la puerta y le dijo que iban a presentar una denuncia por hurto. Mi hermana llegó a casa deshecha en lágrimas, amenazando con quitarse la vida si la llevaban a juicio. Y lo peor de todo es que la pobre robó el pañuelo para mí, no para ella misma. Quería hacerme un regalo…

–Pobrecilla. Debió de llevarse un susto terrible –suspiró Jed, pensativo–. Evidentemente, Polly necesita ayuda. Debió de perder toda la confianza en sí misma cuando el padre de Milo la dejó y se siente inútil… sobre todo teniendo una hermana tan capaz como tú. Hacer una cosa así es el comportamiento típico de alguien que necesita consuelo y seguridad.

Cryssie podría haberle echado los brazos al cuello. Jamás habría pensado que Jeremy Hunter fuese un hombre tan comprensivo.

Suspirando, sacó un pañuelo del bolsillo y se sonó la nariz. Confesarle el delito de Polly había sido muy difícil para ella.

–En fin, supongo que ahora que conoces el lado oscuro de mi familia, querrás reconsiderar tu oferta…

–¿Por qué? ¿Crees que ahora te veo de forma diferente? ¡Por favor, confía un poco en mí! –exclamó él, envolviéndola en sus brazos–. Al contrario, tonta, esto hace que mi propuesta merezca aún más tu consideración. ¿No te parece? Podemos buscar el mejor tratamiento para Polly… y eso es algo que tu hermana necesita desesperadamente. Y en cuanto a Milo… nada será demasiado bueno para él. Irá al mejor colegio, tendrá todo lo que quiera…

–¿Como lo tuviste tú de pequeño? –bromeó Cryssie–. Pues, según tu madre, eras un niño malcriado.

–Sí, bueno, eso es verdad. Pero Milo se convertirá en un adulto sensato y no totalmente influenciado por dos mujeres que lo protegen de forma exagerada.

El tono de su voz era urgente, excitado y, a pesar de todo, Cryssie empezó a pensar lo impensable.

¿Sería tan absurdo aceptar su proposición de matrimonio? ¿Qué clase de matrimonio sería el suyo? ¿De verdad podía decirle que no en su situación? Sabía que sería un matrimonio de conveniencia... aunque también habría momentos de pasión; Jed le había demostrado esa parte de su naturaleza otras veces. ¿Pero y el amor? Jeremy Hunter no sabía el significado de esa palabra.

Sin embargo, Polly... por primera vez en mucho tiempo, Cryssie se sentía sola e insegura. El futuro que, hasta unas semanas antes le parecía brillante, ahora parecía frágil y aterrador. ¡Y Jed Hunter se lo estaba poniendo aún más difícil!

Como si él le hubiera leído el pensamiento, le dijo:

—Mañana estaré fuera de la oficina... y durante parte de la semana que viene también. Así tendrás tiempo para tomar una decisión. Piénsalo, Cryssie. Piénsalo y verás que tengo razón.

Claro, Don Perfecto siempre tenía razón, pensó ella. Pero si decía que sí, ¿qué pensaría todo el mundo? Claro que eso no era lo que más le importaba.

—Esta noche te invito a cenar —dijo Jed alegremente—. Cenaremos temprano para no volver muy tarde a casa. ¿Tienes hambre?

–No.

–Es una pena porque después de una conversación seria yo siempre estoy hambriento –Jed miró su reloj–. Ve a lavarte la cara, anda. Yo voy a reservar mesa en un sitio muy especial. Te prometo que no serás capaz de resistirte. Y será una pequeña celebración. Estamos a punto de dar un paso importante… si tú me aceptas.

Capítulo 11

EL MIÉRCOLES por la tarde, sentado en el estudio de Shepherd's Keep, Jed miraba la pantalla de su ordenador sin poder concentrarse en nada. Las reuniones que había tenido durante esa semana habían sido productivas, pero él no podía dejar de pensar en la proposición de matrimonio que le había hecho a Cryssie… ¡y en su rechazo!

Pero ésa no iba a ser la última palabra. Aunque tendría que esforzarse para convencerla, lo lograría. Sí, lo lograría, sin lugar a dudas.

Jed se levantó para mirar por la ventana. El jardín estaba precioso por la noche, pensó. Y sabía que a Cryssie le encantaría verlo así, con luces ocultas entre las plantas. Aquél sería el lugar perfecto para hacerla cambiar de opinión.

Jamás se habría imaginado a sí mismo en aquella situación. ¡Intentando convencer a una mujer de que casarse con él era buena idea! Las mujeres siempre lo habían encontrado atractivo, desde que era un adolescente. Y él había disfrutado de esa ventaja. Aunque también sabía que su dinero

era una atracción importante, algo por lo que debía darles las gracias a sus padres.

El problema era que esas dos claras ventajas
también tenían sus inconvenientes. Haber conocido a tantas mujeres lo había hecho entender
que no sería fácil encontrar a una en la que pudiera confiar totalmente. Una mujer que ocupara
un sitio en su vida y que no hubiese puesto los
ojos sólo en su cuenta corriente. Había creído
que su ex mujer reunía todas esas características,
pero nadie podría haber imaginado cómo iba a
acabar aquel matrimonio.

Jed se apartó de la ventana, enfadado por pensar en su ex esposa. Era a Cryssie a quien tenía
que conquistar y llegar a ella a través de su familia era la manera de hacerlo. Porque Jed sabía
que eso siempre sería lo primero.

Y, en realidad, le daba igual la ruta que usara,
mientras al final consiguiera su objetivo.

El móvil sonó entonces, interrumpiendo sus
pensamientos.

−¿Jed? Tengo que hablar contigo…

Sólo con oír la voz de Cryssie, Jed tuvo que
sonreír.

−¿Cuándo?

−Ahora, esta noche. Tengo que hablar contigo… en privado. Es muy importante.

Jed sonrió para sí mismo. Pues claro que era
importante. Había cambiado de opinión.

−Iré a buscarte en media hora. Conozco un

pub cerca de tu casa… allí podremos hablar sin que nadie nos moleste.

Le temblaban las piernas mientras colgaba el teléfono. ¿Cómo iba a tomarse Jed la noticia? Cryssie sabía bien que era un hombre decidido y al que le gustaba salirse con la suya… pero por una vez en su vida iba a tener que aceptar una negativa. ¿Y ella?, se preguntó a sí misma, dejando caer los hombros. ¿De verdad iba a dejar pasar esa oportunidad? Y, sobre todo, ¿podía cerrar la puerta a una relación con la que jamás había soñado? Cada vez que Jed la tocaba se ponía a temblar…

–¿Vas a ver a Jed Hunter? –le preguntó Polly cuando la vio en el cuarto de baño.

–Sí, creo que sí –contestó Cryssie.

No soportaba tener que mentirle a todo el mundo. Pero eso iba a terminar de una vez. Si se armaba de valor, podría volver a su vida normal de una vez por todas.

Poco después, mientras iban en el coche de Jed, él giró la cabeza para mirarla.

–Me halaga mucho que estuvieras tan ansiosa por verme, Cryssie. Espero que lo hayas pensado bien.

Ella cerró los ojos para contener las lágrimas. ¿Por qué tenía ganas de llorar?, se preguntó a sí misma. ¿Por Jed, por Milo, por Polly o por sí misma? Cryssie era lo bastante sincera como para admitir que, aquella vez, las lágrimas eran por ella misma.

Cuando llegaron al pub, deseó que el tiempo se parase, que no tuviera que hablarle del drástico paso que había decidido dar. No sólo porque sabía que Jed se pondría furioso, sino porque se le estaba rompiendo el corazón.

–¿Quieres una copa de champán? Espero que esto sea una celebración.

–Pide tú –suspiró Cryssie.

Jed volvió enseguida con una copa de champán para ella y un zumo de naranja para él.

–Bueno, ¿qué tenías que decirme?

–No puedo seguir trabajando para ti, Jed. Ni casarme contigo. Lo siento, sé que ha sido una oferta muy generosa, pero… ha ocurrido algo que lo hace imposible.

Él frunció el ceño, confuso.

–Espero que me des alguna explicación.

–Hace unos días, Dave y Joe, dos compañeros de la oficina, nos llamaron a todos para hacernos una propuesta. Quieren abrir una cooperativa y que sigamos con el negocio de los hermanos Lewis con otro nombre, New Hydebound. Han conseguido un préstamo del banco y teniendo a los artesanos de siempre y gente que conoce bien el negocio… yo me siento obligada a ayudarlos porque sin Rose y sin mí sería casi imposible que la cooperativa funcionase –le contó Cryssie–. Entre las dos siempre hemos hecho los catálogos, conocemos a todos los clientes… y yo me encargo de las cuentas. Lo siento, pero tengo que ayudar a que esto funcione, Jed. Mucha gente depende de ello. Mis compañeros tienen que mantener a sus familias y podrían quedarse sin trabajo. Y yo no puedo permitir que eso ocurra.

Jed hizo una mueca.

–¿Y qué te hace pensar que vosotros tendréis éxito en un negocio en el que los Lewis fracasaron?

–Tardaremos algún tiempo, claro. Pero tenemos una base sólida de clientes y cambiaremos las cosas que haya que cambiar. Intentaremos modernizar la empresa… –Cryssie hizo un gesto–. Cuando Frank, el encargado de los pedidos, se puso a llorar al saber que no todo estaba perdido decidí que tenía que hacerlo.

–Muy conmovedor –dijo él, irónico.

–Tú no sabes lo que es quedarse sin trabajo, Jed. No sabes lo que es tener miedo de no poder pagar las facturas –le espetó Cryssie, airada–. Te devolveré el dinero que me has pagado lo antes posible y...

–¿Y de qué vas a vivir hasta que empiecen a llegar esos pedidos?

–Con la indemnización que tendrás que pagarnos por cerrar el negocio será suficiente para aguantar unos meses.

–Ya, claro. Quizá no debería haber sido tan generoso.

–Pero prometiste…

–Sí, claro que lo prometí –la interrumpió él.

–No puedo decirles que no, Jed. No puedo defraudarlos ahora.

–¿Y no te preocupa defraudarme a mí?

–Claro que sí. Por eso te he llamado.

–Pero parece que ahora no te preocupan mucho Polly y Milo.

–No te atrevas a meterlos en esto, Jed. Yo nunca he dependido de nadie y en cuanto a ti, y a tus necesidades, perder mis servicios no es el fin del mundo. Encontrarás a otra persona que haga exactamente lo que tú quieres.

–Pero yo no quiero a otra persona, te quiero a ti. Y no puedo entender tu falta de lógica. Tú sabes perfectamente que la decisión más acertada es quedarte conmigo, pero te empeñas en aferrarte a esa absurda lealtad…

–No es una lealtad absurda –lo interrumpió ella–. Son mis compañeros de trabajo y, con un poco de suerte, seguirán siéndolo durante mucho tiempo.

Cryssie se levantó, sabiendo que no tenían nada más que decirse.

Cuando llegaron a casa, Jed detuvo el coche y apagó el motor, sin mirarla. Aunque sabía que estaba enfadado con ella, Cryssie deseaba que la abrazase y la consolase, que le dijera que entendía lo que iba a hacer... pero él no hizo ninguna de esas cosas; simplemente esperó a que saliera del coche. Y, con las lágrimas amenazando con asomar otra vez a sus ojos, eso fue lo que hizo. Y aquella vez, Jed no se molestó en abrirle la puerta.

Una vez en casa, Cryssie se dejó caer en el sofá y se tapó la cara con las manos. ¿Qué había hecho ella para merecer tantos disgustos?

Un golpecito en el hombro la hizo levantar la cabeza. Era Polly, en camisón.

—Cryss, ¿qué pasa?

—No quería contártelo, Poll, pero Jeremy Hunter ha decidido cerrar Hydebound. Piensa construir un hotel y dejar a todos los empleados en la calle...

—¡No!

—Lo peor es que mis compañeros quieren abrir una cooperativa y yo... no sé si va a funcionar, pero tengo que unirme a ellos. Jed me había ofrecido un puesto como su ayudante personal, pero no puedo aceptarlo. Y no puedo decirles que no a mis compañeros sabiendo que muchos se quedarían en la calle.

—¡Claro que puedes! Tienes que pensar en ti misma. En Milo...

—No, no puedo hacer eso. No puedo ser la única que tire la toalla porque ya tiene un puesto asegurado —Cryssie se levantó del sofá—. Bueno, me voy a la cama... aunque no creo que pueda pegar ojo. Y no te preocupes, Poll. Yo me encargaré de que no nos muramos de hambre.

Mientras volvía a Shepherd's Keep, la expresión de Jeremy Hunter era sombría. De modo que Crystal Rowe había decidido decirle que no para apuntarse a un proyecto absurdo, un proyecto que no podía funcionar. Aunque ella creía hacer lo correcto…

Dijera lo que dijera, estaba decidido a tenerla, en sus propios términos. Pero Cryssie era igualmente decidida. Jed lo sabía bien.

En realidad, estaban hechos el uno para el otro.

Entonces una sonrisa iluminó sus facciones. Muy bien. No pensaba dejarse ganar por una cría que no sabía lo que era bueno para ella.

Jed pisó el freno al llegar a su casa. En una pelea siempre había un ganador y un perdedor, reflexionó. Y él no pensaba ser el perdedor. Tuviera que hacer lo que tuviera que hacer.

Capítulo 12

AL DÍA siguiente el ambiente en Hyde-bound parecía cargado de electricidad. Estaban ilusionados por la nueva coope-rativa, pero se preguntaban si la transición sería más difícil de lo que habían imaginado. Aunque se habían apuntado todos, había una innegable ansiedad bajo ese supuesto optimismo. ¿Y si todo iba mal? ¿Y si no lograban sus objetivos? ¿Cuál sería la reacción de Jeremy Hunter cuando lo supiera? Claro que ya no sería asunto suyo.

Cryssie intentó aportar ideas, pero sabía bien que cuando Jed apareciera en la oficina iba a costarle trabajo disimular. Estaba justo donde había estado el día de Nochevieja, cuando él apareció en escena. Sólo era una empleada más, sin privilegios especiales… y sin presiones.

Pero... ¿cómo podía fingir que todo lo que había ocurrido entre ellos no tenía importancia? ¡Había sido la experiencia más emocionante de su vida!

Ese viernes Cryssie estaba sola frente a su escritorio cuando sonó el interfono.

–Ven a mi despacho, por favor –la llamó Jed.

–¿Quieres que lleve algún informe?

–No, no hace falta.

Cryssie entró en el despacho sin llamar y Jed se levantó. Debería cortarse el pelo, pensó ella tontamente. Pero que el flequillo le cayese un poco sobre la frente le daba un aire más juvenil, más atractivo si eso era posible.

–Tengo que darte una noticia que podría ser de tu interés. Hemos decidido utilizar una parte de la cuarta planta de Latimer para instalar Hydebound –anunció Jed entonces–. Mi familia y yo llevábamos algún tiempo pensando si merecía la pena y hemos llegado a la conclusión de que, situada dentro de los grandes almacenes, la tienda podría funcionar.

Cryssie se había quedado sin palabras.

–Naturalmente, pienso llamar a todo el mundo esta tarde para darles la noticia –siguió Jed–. Espero que eso les agrade. Y, por supuesto, todos conservarán sus puestos de trabajo... a menos que alguno haya decidido irse. Y me gustaría saber tu opinión.

Estaban mirándose a los ojos, pero cuando él, sin poder evitarlo, levantó una ceja como diciendo: «te he ganado», Cryssie se exasperó.

–Nunca te lo perdonaré.

–¿Por qué? ¿Qué tendrías que perdonarme? ¿No estoy haciendo exactamente lo que tú querías?

–¿Cómo puedes hacerme esto? ¡No me lo puedo creer!

–¿Se puede saber de qué estás hablando?

–¿Por qué no me habías hablado de esto antes? ¿Por qué no me habías dicho que tu familia estaba considerando la idea?

–Lo habíamos hablado alguna vez, pero nunca seriamente. La decisión se tomó ayer –suspiró Jed–. Estoy seguro de que Hydebound funcionará mejor dentro de unos grandes almacenes que tienen una clientela diaria…

–¿Y cuál sería entonces mi puesto de trabajo? –lo interrumpió Cryssie.

–El mismo de antes. Serás una empleada del grupo Hunter estés sentada en una oficina o yendo conmigo a alguna reunión. Mira, Cryssie, ahora todo será más fácil para ti. Nadie se extrañará de vernos juntos y todos tendrán lo que querían: un trabajo seguro. Y yo tendré lo que quiero, a ti.

De repente, la sencilla verdad golpeó a Cryssie con tal fuerza que estuvo a punto de caer sobre la silla. Jeremy Hunter no habría llegado hasta aquel extremo sólo para salirse con la suya. La idea era absurda.

–No te creo, Jed. No creo que hayas tomado una decisión tan importante de la noche a la mañana.

Él se encogió de hombros.

–Cree lo que quieras. Pero antes de que se

abra el hotel, Hydebound estará funcionando dentro de los Grandes Almacenes Latimer. Yo creo que eso será bueno para todo el mundo.

Claro. Sería bueno para todo el mundo, sobre todo para él. El negocio era lo único importante para Jeremy Hunter. Cryssie debería alegrarse, pero no podía. Se sentía cansada, confusa. Había tantas cosas que le gustaban de Jed… pero su determinación de salirse con la suya no era una de ellas.

Entonces recordó lo maravilloso que había sido con Milo en Shepherd's Keep… un duro ejecutivo convertido en un hombre totalmente relajado. Y cariñoso con el niño.

¿Y lo demás? Cuando se tocaban, cuando él la besaba…

–Tenemos muchas cosas que discutir, Cryssie –dijo él, interrumpiendo sus pensamientos–. Hay que ultimar muchos detalles y, como no hay mejor momento que el presente, ¿te gustaría que cenáramos juntos?

–No, lo siento, esta noche no puedo –contestó ella–. Otro día.

Lo único que quería era volver a su casa, cerrar la puerta y esconderse bajo la cama. La idea de cenar con Jed Hunter para hablar sobre sus negocios era lo que menos le apetecía en aquel momento.

–Mañana por la noche entonces –dijo él–. Reservaré mesa en Laurels. La última vez te gustó mucho, ¿no?

Esa noche, después de meter a Milo en la cama, Cryssie se sentó frente a Polly en el salón. Admiraba la capacidad de su hermana de olvidar enseguida sus problemas. El asunto del pañuelo robado no había vuelto a mencionarse, como si no hubiera ocurrido nunca. Ojalá ella fuera así.

En fin, debería estar contenta. Aún tenía su trabajo, sus compañeros no se quedarían en la calle... La reacción de todos cuando Jed les dio la noticia había sido de enorme alegría.

Pero, a pesar de que todo parecía haber vuelto a la normalidad, aún tenía que enfrentarse a su proposición de matrimonio. Eso era algo de lo que tendrían que hablar.

—Hoy he tenido una reunión importante con Jed, Polly. Hydebound estará dentro de los Grandes Almacenes Latimer, como una de esas tiendas de firma.

—Ah, eso está muy bien, ¿no? —murmuró su hermana, poniéndose colorada al oír el nombre de los grandes almacenes—. Entonces no tendremos que preocuparnos por el dinero, ¿verdad?

—No, claro que no.

Eso era lo único importante para Polly, el dinero. Y para un tal Jeremy Hunter también. En

fin, tendría que conservar su trabajo y mante-
nerlo a raya al mismo tiempo.

Aunque no sabía cómo iba a hacerlo. Porque
estaba más convencida que nunca de que no sería feliz con un hombre tan obsesionado por salirse con la suya que no dejaría que nada ni nadie
se pusiera en su camino.

Mucho después, cuando Polly se había ido ya
a la cama, sonó el teléfono y a Cryssie le dio un
vuelco el corazón. Tenía que ser Jed. Nadie más
llamaría a esas horas.

—¿Cryssie? Estoy en el hospital...

—¿Qué? ¿Qué ha pasado? ¿Has tenido un accidente...?

—No, no, yo estoy bien. Es mi padre. Ha sufrido un infarto. Está muy mal...

—Oh, Jed, cómo lo siento. ¿Cuándo ha pasado?

—Hace un par de horas. Yo estaba trabajando
en el estudio, en Shepherd's Keep, y oí un golpe
en el pasillo. Mi padre se había desplomado en
el suelo...

—Voy para allá enseguida. Llegaré en media
hora.

—¿De verdad no te importa? Sé que es muy
tarde...

—¿En qué hospital estás?

Jed se lo dijo y Cryssie colgó a toda prisa.
Conduciendo tan rápido como le permitía su
viejo coche, llegó al hospital tan angustiada
como si el enfermo fuera alguien de su familia.

Y la voz de Jed al teléfono… parecía tan asustado. Y tan solo.

Cuando llegó, habían llevado a Henry a la UCI y Jed estaba en el pasillo. Al verlo, Cryssie corrió para darle un abrazo. Y él no la soltó durante mucho tiempo, hundiendo la cara en su pelo.

—¿Qué te han dicho?

—No mucho. Las próximas cuarenta y ocho horas son cruciales, por lo visto. Mi madre está en Edimburgo y no puede llegar aquí hasta mañana. Siento mucho haberte llamado, Cryssie…

—No, no, por favor. Prefiero estar aquí, contigo.

Jed la miró durante largo rato y sus ojos parecieron convertirse en estanques de chocolate. Estaba pidiendo calor humano, comprensión. Y había encontrado a la persona adecuada. Ella mejor que nadie sabía lo doloroso que era perder a un ser querido.

Una monja se acercó entonces.

—No se preocupe, señora Hunter —le dijo—. Su suegro está en buenas manos. ¿Quiere un café, un té? Una de las auxiliares puede traérselo…

—Un té, por favor —contestó ella. Y luego estuvo a punto de decir: «mi marido quiere un café solo», pero se detuvo a tiempo.

—Un café solo, por favor —dijo Jed, guiñándole un ojo—. No puedo creer que esté pasando esto —suspiró cuando se quedaron solos—. Mi padre estaba tan bien... Ha sido completamente inesperado…

–Nadie espera que ocurran estas cosas. Y cuando ocurren no estamos preparados. No somos dioses, sólo unos pobres seres humanos intentando sobrevivir día a día.

Jed la miró entonces como si la viera por primera vez. ¿Por qué no podía apartar los ojos de aquella mujer? ¿Por qué sólo había pensado en ella cuando llegó al hospital?

Mientras tanto, Cryssie lo miraba con el absurdo deseo de abrazarlo y comérselo a besos, como hacía con Milo cuando lo metía en la cama… ¿Por qué sentía eso?

Las horas pasaban, con enfermeras entrando y saliendo de la UCI, hasta que Jed le dijo:

–Debes de estar agotada, Cryssie. Pero no quiero que te vayas a casa sola… es muy tarde. ¿Puedes quedarte un par de horas más, hasta que amanezca? Prefiero llevarte a casa en mi coche.

–Claro que sí. Y no estoy cansada. No suelo estarlo cuando hay una emergencia.

Jed asintió, contento. No sabía por qué, pero estando con ella le parecía que todo iba a salir bien.

–Ven, vamos a sentarnos en la sala de espera. Las sillas son blanditas y podrás tumbarte un rato.

Obedientemente, Cryssie se tumbó y apoyó la cabeza en sus rodillas. En el silencio de la sala de espera empezaron a cerrársele los ojos…

Jed miraba a la mujer que no había dudado un segundo en correr al hospital para estar a su lado. La veía respirar pausadamente, con una mano bajo la mejilla...

Incluso en aquel momento de angustia y preocupación por su padre, su único pensamiento era que Cryssie Rowe tenía que formar parte de su futuro.

Capítulo 13

DURANTE los días siguientes hubo muchas discusiones en Hydebound sobre la nueva situación. Algunos pensaban que, estando Henry Hunter en el hospital, quizá Jeremy cambiaría de opinión. Pero cuando Jed volvió por fin a la oficina, les confirmó que no habría cambio de planes.

Después de eso, pasaba poco por su despacho y Cryssie se alegró. Era un respiro no verlo mientras intentaba encontrar una forma de resistirse a un hombre irresistible. Porque sabía que Jed no iba a renunciar a su idea de casarse con ella.

Por un lado deseaba decirle que sí, pero tenía dudas. No podía dejar de recordar los errores del pasado... y los motivos de Jed para hacerla su esposa no casaban con su idea de lo que debía ser un matrimonio.

Lo había llamado varias veces por teléfono para preguntar cómo estaba su padre y, durante algún tiempo, las cosas no parecían ir bien para Henry. Jed y Alice se pasaban el día en el hospital y Cryssie deseaba con todo su corazón poder hacer algo. Pero... ¿qué podía hacer?

Se le ocurrió entonces enviarle a Henry un dibujo que Milo había hecho para desearle que se restableciera lo antes posible. Era una casita con humo saliendo de la chimenea, un enorme jardín y dos personas jugando al fútbol... bueno, dos palitos jugando al fútbol. *Con cariño, de Milo*, decía. Seguramente a Henry le haría ilusión.

Cuando lo recibieron, Jed llamó preguntando por el niño, con quien mantuvo una larga conversación.

—Bueno, ¿qué te ha dicho? —le preguntó Cryssie después.

—No puedo contártelo, es un secreto.

Por fin, la llamada que más esperaba llegó un sábado por la mañana, cuando estaba poniendo la lavadora.

—Hola, Cryssie. Llamo para decirte que a mi padre le dieron el alta ayer...

—Qué alegría. Entonces es que ya está restablecido del todo.

—Sí, creo que la cosa va bastante bien. Pero me temo que tengo que pedirte un favor. Mi padre quiere verte.

—Muy bien. ¿Cuándo?

—Hoy, si fuera posible.

—Por supuesto. Llegaré a Shepherd's Keep dentro de un par de horas...

—Yo iré a buscarte.

–No hace falta, sé cómo llegar a la casa y es absurdo que tú hagas cuatro viajes.

–Tengo ganas de verte, Cryssie. Te he echado de menos. Y he echado de menos ir a trabajar todos los días. No me gustan nada los hospitales.

–No le gustan a nadie –dijo ella antes de colgar.

Polly y Milo entraban en la cocina en ese momento y Cryssie les contó que iba a ver a Henry.

–¿Puedo ir contigo? –preguntó el niño.

–¿No te apetece más ir al parque con Polly?

–No, quiero ir a la casa de Jed –contestó Milo–. No haré ruido, te lo prometo.

–Ya lo sé, cariño. Pero Henry está malito y sólo voy a estar con él unos minutos. Cuando vuelva haremos algo especial, ¿de acuerdo?

–¿Qué vamos a hacer?

–¿Sabes que hay una feria cerca de aquí? Podríamos subir a la noria…

–¡Sí, sí! –gritó el niño.

Cuando había terminado de arreglarse, su hermana la miró de arriba abajo.

–Me gusta cómo te has puesto el pelo hoy.

–¿Cómo?

–Así, un moño alto… con esos mechones alrededor de la cara. Te queda muy bien.

–Gracias –murmuró Cryssie, apartando la mirada. Se había arreglado el pelo con más cuidado aquel día, pero ¿por qué? Aunque sabía la respuesta a esa pregunta, claro. ¿Por qué mantenía esa guerra consigo misma?

Era casi la hora de comer cuando llegó a Shepherd's Keep. Hacía un día maravilloso y las flores silvestres que había admirado la última vez que estuvo allí habían sido reemplazadas por hermosos tulipanes de todos los colores. Cryssie suspiró. Aquel sitio era como el paraíso.

Jed salió a la puerta a recibirla. Estaba muy guapo con una camiseta negra de manga corta y unos pantalones de color caqui. Era la primera vez que se veían a solas después de aquella noche en el hospital y se sentía totalmente confundida sobre su posición en la vida de Jed, en la de sus padres, en la empresa, en su propia vida. Se sentía confundida del todo.

Pero Jed se mostró tan decidido como siempre y, sin decir una palabra, la tomó por la cintura y buscó sus labios. No era un mero roce sino un beso lleno de pasión, aunque más dulce a la luz del día.

–He venido a ver a Henry –le recordó ella.

–Y vas a verlo –sonrió Jed–. Pero el médico ha llegado unos minutos antes que tú.

–Han pasado muchas cosas desde la última vez que estuve aquí –suspiró Cryssie.

–Sí, muchas cosas –asintió él, tomando su mano–. Para los dos.

–Recuerdo que la última vez tuvimos una discusión de… negocios.

–¿De negocios? Yo creo que no –sonrió Jed–. ¿Qué tengo que hacer para convencerte, Crys-

sie? Supongo que lo habrás pensado, al menos.
¿Has tomado una decisión?

–Yo…

–¡Cryssie! –la llamó Alice desde la puerta–. Me
alegro de que hayas venido. Henry está a punto de
quedarse dormido, pero insiste en que subas a
verlo.

–No sabes cuánto me alegro de que tu marido
esté mejor…

Una vez en la habitación, Henry señaló el dibujo de su sobrino, que tenía colocado en la me-
silla.

–Esto es lo que me ha ayudado a salir del hospital. Y quiero darle las gracias a Milo en persona.

–Muy bien, lo traeré un día de éstos –sonrió
Cryssie–. Te prometo que cuando estés un poco
más recuperado vendré a verte con Milo. En realidad, el pobre quería venir, pero no sabía si podrías soportar el parloteo de un niño de cuatro
años.

–Bueno, Henry, ahora tienes que dormir –le
aconsejó su mujer–. Yo me quedo un ratito contigo.

Jed y Cryssie bajaron a la cocina. Megan había dejado un almuerzo frío sobre la mesa y Jed
la convenció para que se quedara a comer.

–No es exactamente la cena íntima que yo había planeado… –empezó a decir–. Pero me temo
que eso tendrá que esperar hasta otro momento.

Después de comer la acompañó al coche.

–Mis padres están pensando en irse a vivir a un sitio más cálido. España o el sur de Francia... El clima allí es mucho mejor para mi padre. Pero yo me sentiré muy solo aquí, en Shepherd's Keep.

Cryssie sabía perfectamente lo que había detrás de esas palabras y, sin embargo, no la molestó. Todo lo contrario. Evidentemente, Jed disfrutaba estando con ella y quizá ella estaba siendo demasiado reticente...

En ese momento sonó su móvil. Era Polly.

–Qué raro, no suele llamarme al móvil –murmuró, abriendo el teléfono–. Dime, Polly... ¿Qué? ¿Cuándo? ¿Desde qué hora? Dios mío... Llama a la policía ahora mismo. Y no salgas de casa. No te muevas de ahí. Yo llegaré enseguida.

–¿Qué ha pasado? –preguntó Jed.

–Milo ha desaparecido –contestó ella, frenética–. Polly no lo encuentra por ninguna parte. Tengo que irme... tengo que irme ahora mismo.

–Yo te llevaré. Vamos, en mi coche llegaremos en la mitad de tiempo.

Enferma de miedo, Cryssie iba sentada con la espalda muy recta, deseando llegar a casa cuanto antes. Apenas habían intercambiado dos palabras desde que salieron de Shepherd's Keep. Estaba tan pálida que Jed pensó que iba a desmayarse.

–Pon la cabeza entre las piernas, cariño. Y cálmate, llegaremos enseguida.

Había un coche de policía en la puerta y Cryssie salió corriendo para abrazar a su hermana.

–¡Cryssie! –gritó Polly, histérica–. Milo nunca había desaparecido. ¿Dónde puede estar? ¿Qué hacemos?

–No lo sé…

–Esto es una pesadilla… hemos buscado por todas partes.

La policía les explicó que, normalmente, los niños se iban con alguien a quien conocían o se ponían a jugar y se olvidaban de la hora que era. Según ellos, lo mejor era quedarse en casa hasta que Milo volviese.

–Pero deben decirnos dónde suele ir a jugar, dónde está su colegio…

–Yo les llevaré –se ofreció Cryssie.

–¡Pero ya he estado en su colegio! –gritó Polly–. He ido allí, al parque… he ido a todas partes y no lo encuentro.

–Vamos a echar otro vistazo. Venga, estamos perdiendo el tiempo.

El resto de la tarde fue como una nebulosa para Cryssie. Estuvieron en el colegio de Milo, mirando en el patio, en las aulas, en todos los rincones. Llamaron por teléfono a los padres de sus amigos... y el niño no aparecía.

–Ha desaparecido, Jed. Se lo han llevado. Nunca volveremos a verlo –murmuró, al borde de la histeria.

Si le había pasado algo a su sobrino… si había desaparecido para siempre, Cryssie no sabía lo que haría.

–Cálmate. Vamos a encontrarlo, ya lo verás. ¿Antes no has dicho algo sobre una feria? A lo mejor ha decidido ir él solo…

–No, eso es imposible. Milo no haría algo así. Además, él no sabe ir.

–De todas maneras, merece la pena intentarlo –insistió Jed.

Había varios policías dando vueltas por la feria, evidentemente intentando encontrar al niño.

–Pero hay tanta gente… –suspiró Cryssie–. Jed, tengo tanto miedo…

–No te rindas, cariño. Vamos a encontrarlo.

Había tantos niños… y todos se parecían a Milo, o eso pensaba Cryssie. Todos llevaban las mismas camisetas, los mismos vaqueros, las mismas zapatillas de deporte.

Estaban a punto de rendirse cuando se abrió la puerta de una de las caravanas y una niña de ocho o nueve años salió hablando con alguien por encima del hombro.

–Venga, trae tu *Baby Traviesa*. Vamos a pedirle a mi papá que nos compre algodón de azúcar. ¿Te gusta el algodón de azúcar, Milo?

–¡MILO! –gritaron Jed y Cryssie a la vez, justo cuando Milo, su Milo, salía de la caravana. Los dos lo abrazaron con tal desesperación, con tal ansiedad que, después, Cryssie prácticamente no recordaba nada de lo que había pasado.

Pero lo que sí recordaba era la reacción de Jed Hunter. Jed, que tenía lágrimas en los ojos mientras abrazaba al niño. Y ver eso le pareció tan natural que, sin pensar, Cryssie le dio un beso, saboreando la sal en sus labios.

–Gracias a Dios –fue todo lo que dijo.

Cuando pudo recuperarse del susto, sacó el móvil del bolso y llamó a su hermana.

–¿Polly? Lo hemos encontrado...

Mientras volvían a casa, Jed y Cryssie se miraron por encima de la cabeza del niño. Los dos sabían que habría tiempo para explicaciones más tarde. Por el momento, lo único que podían hacer era darle gracias al cielo por haberlo encontrado.

Epílogo

DESPUÉS de que se hubiera ido la policía, lograron convencer a Milo para que les contase por qué había hecho algo así. Y la única respuesta del niño fue que tenía muchas ganas de subir en la noria. Había visto a un grupo de gente hablando de ello mientras subían a un autobús y se mezcló con ellos sin que nadie se diera cuenta. Nadie pareció fijarse, nadie le preguntó dónde estaban sus padres… y Milo no sabía que estaba haciendo algo malo.

El pobre, un poco asustado, pidió perdón por lo que había hecho y prometió no volver a hacerlo nunca.

Más tarde, cuando ya estaba en la cama, Polly y Cryssie se dejaron caer en el sofá, completamente exhaustas.

—Polly, ¿te interesaría un trabajo por las mañanas en el departamento de cosmética de Latimer? —preguntó Jed—. Tengo entendido que nos hace falta una esteticista.

—¿En serio?

—Vendemos los mejores cosméticos, pero no

hay nadie que pueda aconsejar a las clientas y que de verdad sepa de lo que habla. Yo creo que nos serías muy útil. Podrías tener tu propia cabina...

Polly miró a su hermana, sorprendida.

–Pero Cryssie te habrá contado lo del pañuelo...

–Si, bueno, Cryssie me lo contó, pero eso ya está olvidado. ¿Qué te parece la idea? El trabajo sería sólo por las mañanas... mientras Milo está en el colegio.

–Pues yo... –empezó a decir Polly, nerviosa–. Eso sería maravilloso.

–Entonces, decidido. Mañana mismo firmaremos el contrato.

Cuando Polly subió a su habitación, Cryssie miró a Jed, sorprendida.

–¿Esa sugerencia se te ha ocurrido de repente o...?

–No –contestó él–. Lo llevo pensando desde hace algún tiempo. Además, tu hermana es tan guapa que será una publicidad estupenda para el departamento, ¿no te parece?

–Sí, es verdad –sonrió Cryssie–. Muchísimas gracias, Jed. Quizá tener un trabajo fijo resuelva alguno de sus problemas.

–Por eso se lo he ofrecido. Si le hubiera pasado algo a Milo... –Jed no pudo terminar la frase–. ¿Sabes una cosa? Me vendría bien una copa.

–Hay una botella de vino tinto en la despensa. ¡Vamos a tomárnosla para celebrar que hemos encontrado al niño! Creo que nos lo merecemos.

Una vez en la cocina, Cryssie se volvió hacia él con la copa en la mano.

–Hace unas horas, o unos años, ya no lo sé, dijiste que teníamos que hablar…

Jed dejó la copa sobre la encimera y tomó sus manos. Desde su altura miró aquellos ojos verdes tan sinceros, tan honestos, que habían capturado su corazón desde el primer día.

–Sólo hay una cosa de la que quiera hablar. ¿Quieres casarte conmigo, Cryssie? Por favor, di que sí.

–¿Y por qué iba a casarme contigo? –bromeó ella.

–Bueno, quizá porque le he prometido a Milo que algún día viviría conmigo en Shepherd's Keep. Pero también porque te quiero. Te quiero. Eso es todo.

¿Eso era todo? ¡Pero si «eso» era precisamente lo único que Cryssie había querido escuchar desde el principio!

–Pensé que no ibas a decirlo nunca. Creí que tú no…

–¿Que no era capaz de amar a alguien, que mi única obsesión era ganar dinero? Mi ex mujer también debió de pensarlo, evidentemente. Por eso, poco después de casarnos, insistió en que durmiéramos en habitaciones separadas y que tuviéramos dos cuentas corrientes. Y yo acepté. Hasta que descubrí que había decidido gastarse el dinero en vestidos carísimos, joyas de las que yo no sabía nada… incluso pensaba aumentarse el pecho y ponerse no sé qué en la cara… sólo porque lo hacían sus amigas. Fue entonces cuando decidí que todo había terminado –suspiró Jed–. Mi ex mujer no quería tener hijos… algo que no me contó hasta después de casarnos, claro. Según ella, si tenía hijos nunca recuperaría su figura. Así que yo me sentí… como un tonto. No me había querido nunca, Cryssie. Y me casé con ella. Fíjate lo listo que soy.

Cryssie lo apretó contra su corazón. Aquella mujer le había hecho mucho daño. Era lógico que a veces se mostrase tan duro, tan cínico.

Sin decir nada, tomó su mano y lo llevó a su habitación, cerrando la puerta tras ellos. Jed se quitó la ropa sin vergüenza alguna y se tumbaron juntos en la cama.

–Yo prometo estar a tu lado, en tu cama, en tu vida, cuando todo vaya bien y cuando vaya mal. Y prometo hacerte feliz hasta el fin de mis días. ¿Te vale con eso?

Apoyando un codo en la almohada, Jed la miró durante largo rato y luego empezó a desnudarla, clavando en ella sus ojos, esos ojos tan negros, oscurecidos de pasión. Buscó su boca y sus ansiosos labios fueron un preludio del éxtasis que llegaría después. No había urgencia mientras estaban allí, uno en brazos del otro, y Cryssie supo instintivamente que Jed se tomaría su tiempo.

–Necesito algo más –dijo él entonces–. ¿Me prometes que Milo tendrá al menos cuatro primos para jugar en el jardín?

–¿Sólo cuatro? –bromeó Cryssie.

–Bueno, eso para empezar. Pero como te voy a necesitar a mi lado, tendremos que contratar a un ejército de niñeras.

Cryssie apoyó la cara en su pecho. Le encantaba el olor de su piel, tan masculino, la dureza de su torso en contraste con la suavidad de sus pechos.

–Estaba pensando… todo lo que nos ha pasado ha sido por *Baby Traviesa*. ¿No te parece raro? Si no me hubiera encontrado contigo el día de Nochebuena mientras intentaba localizar la maldita muñeca, tú nunca te habrías fijado en mí. Yo no habría sido más que una de las empleadas de Hydebound que se habría quedado en la calle.

–Lo dudo. Algo me dice que Crystal Rowe no habría permanecido en el anonimato durante mucho tiempo.

Ella sonrió, satisfecha.

–Y aunque tú te llevaste egoístamente las últimas cuatro muñecas que quedaban y yo te dije que no sabías dirigir tu negocio, la dependienta que me había atendido apareció en mi casa por la noche con una muñeca…

–Pues claro.

–¿Cómo que pues claro?

–La tuya era una de las cuatro que yo había comprado –sonrió Jed–. Le dije a la chica que te la trajera. Las otras tres eran para los nietos de Megan.

–Pero bueno… –Cryssie se había quedado sin palabras–. ¿Alguna vez en tu vida no te has salido con la tuya?

–Nunca –contestó él, buscando sus labios–. Deja que te lo demuestre…

Bianca™

La tímida ama de llaves se había convertido en una sexy sirena...

El millonario italiano Raffaele de Feretti tenía innumerables mujeres a su disposición, pero necesitaba una prometida de conveniencia, y la mujer perfecta para el papel era su tímida y anticuada ama de llaves.

Por supuesto antes había que hacerle un cambio de imagen... Raffaele no podía creer que aquélla fuera la misma mujer y que no se hubiera dado cuenta antes de lo sexy que era. Tenía que fingir que estaban prometidos, pero lo que desde luego no era fingido era la atracción que había entre ellos...

El italiano y su ama de llaves

Sharon Kendrick

¡YA EN TU PUNTO DE VENTA!

Acepte 2 de nuestras mejores novelas de amor GRATIS

¡Y reciba un regalo sorpresa!

Oferta especial de tiempo limitado

Rellene el cupón y envíelo a

Harlequin Reader Service®
3010 Walden Ave.
P.O. Box 1867
Buffalo, N.Y. 14240-1867

¡Si! Por favor, envíenme 2 novelas de amor de Harlequin (1 Bianca® y 1 Deseo®) gratis, más el regalo sorpresa. Luego remítanme 4 novelas nuevas todos los meses, las cuales recibiré mucho antes de que aparezcan en librerías, y factúrenme al bajo precio de $3,24 cada una, más $0,25 por envío e impuesto de ventas, si corresponde*. Este es el precio total, y es un ahorro de casi el 20% sobre el precio de portada. !Una oferta excelente! Entiendo que el hecho de aceptar estos libros y el regalo no me obliga en forma alguna a la compra de libros adicionales. Y también que puedo devolver cualquier envío y cancelar en cualquier momento. Aún si decido no comprar ningún otro libro de Harlequin, los 2 libros gratis y el regalo sorpresa son míos para siempre.

416 LBN DU7N

Nombre y apellido	(Por favor, letra de molde)
Dirección	Apartamento No.
Ciudad	Estado Zona postal

Esta oferta se limita a un pedido por hogar y no está disponible para los subscriptores actuales de Deseo® y Bianca®.
*Los términos y precios quedan sujetos a cambios sin aviso previo.
Impuestos de ventas aplican en N.Y.

SPN-03   ©2003 Harlequin Enterprises Limited

Jazmín

El amor más hermoso
Trish Wylie

Había vuelto para recuperar el amor que nunca debería haber dejado escapar...

En el momento más duro de su vida, Kane Healey entendió que si se amaba a alguien había que dejarlo libre y decidió enfrentarse al futuro solo.

Siendo muy joven, Rhiannon descubrió que estaba embarazada, pero Kane se había ido sin saber que había dejado atrás un magnífico milagro...

Ahora tenían la oportunidad de enmendar los errores del pasado. ¿Aprovecharía Kane el baile de San Valentín para declararse a la mujer que siempre había amado?

¡YA EN TU PUNTO DE VENTA!

Deseo™

Escandalosa venganza

Tessa Radley

Gemma Allen había perdido la memoria y buscaba respuestas que le aclararan los misterios de su pasado. El empresario griego Angelo Apollonides estaba encantado de recordarle a su ex amante el romance que habían vivido juntos.

Pero mientras trataba de vengarse de Gemma por haberlo traicionado, Angelo descubrió algo más que una increíble pasión. La mujer que estrechaba entre sus brazos no era su antigua amante. ¡Era su hermana gemela y pretendía vengarse de él!

¿Cómo se atrevía a aparecer de nuevo en su vida la mujer a la que había echado de su cama?

YA EN TU PUNTO DE VENTA!